서
천

서
천

윤 규 열 장 편 소 설

개미

토굴 속은 항상 습하고 어두웠다.

가까운 군 단위 소도시에서 화재가 있었다.

그곳은 공교롭게도 수산물시장이었다.

많은 점포에는 수족관을 하나씩 끼고 있어 물이 철철 흘렀다.

겨울 포악한 바람에 모든 게 불타 폐허가 되었다.

군 단위 수입원이었던 수산물특화시장의 불은 참혹했다.

특화시장을 끼고 살아가고 있는 사람들의 허망한 눈을 보았고 글로나마 남기고 싶었다.

순하고 아름다운 눈동자에 눈물이 고였다.

그 눈물을 사람들에게 보여주고 싶었다.

조그만 군민들의 순진무구한 삶을 알았는지 대통령까지 직접 찾아와 위로하였다.

두 진영으로 나누어 부질없는 다툼이 있었다.

하늘도 슬펐던지 폐허 위에 흉악한 모습이 보이지 않게 눈보라가 쳤다.

토굴에서 나와 그 모습을 보았고 동분서주하는 군수, 도지사, 대통령까지 보았다.

희망을 잃지 말고 봄에 새순이 돋듯 새롭게 시작해야 한다.

희망의 씨앗을 뿌려 전화위복의 기회가 되도록 한 알의 밀알을 뿌려보고 싶다.

2024년 무더운 여름

윤규열

차례

성만은 송림을 찾았다.

어머니는 송림 앞바다 갯벌에 몸을 적시며 일평생을 살았다.

늘 회색 갯벌이 바지락을 캐는 어머니 등에 무겁게 올라 앉아 있었다.

벤치에 앉아 바다를 바라보았다.

저 고즈넉하고 텅 비어 있는 몽환적인 바다.

맥문동이 꽃대를 하얗게 밀어 올리다가 보랏빛으로 터져버린 절정.

하늘이 몽환적 바다를 부르고 있었다.

사람들이 지나가며 힘겨운 숨소리를 낸다.

"그림자 같이 왔다가 가는 것이 사람이지 움켜쥐려면 빠져 나가는 세월이 아니었던가?"

슬프고 고독할 때 갯벌이 따뜻하게 마음을 어루만졌다.

홍구는 무문관 적막한 선방에서 결가부좌를 틀고 앉아 얼마 전까지 있었던 일을 떠올려 보며 아무것도 없는 머리를 쓰다듬었다.

"개에게도 불성이 있습니까?"

제자가 부처님께 물었다.

"있다."

후대에 조주선사는 똑같은 질문을 한 선승에게 말했다.

"없다."

선은 그런 것이다.

그래서 무문관의 첫 번째 화두를 무로 하는 것 아닌가?

망상에 젖어있는 자신을 책망하며 결가부좌를 고쳐 틀었다.

성만은 화마에 쓰러진 특화시장 앞에 불타버린 활어차의 잔해를 바라보았다.

활어차를 보이지 않는 곳으로 치워 버리고 싶었지만 조사 중이라는 이유로 들어가지 못하게 했다.

처참한 몰골을 멀리서 바라보다 식음을 전폐하고 누워있는 아내를 떠 올렸다.

"눈동자들이 특화시장 공간에 가득 차 곧 터져 버릴 거여."

홍구의 말이었다.

"이렇게 될지 안건가? 그걸 알고 기도로 잡아보려고 한 거고. 일어날 일은 아무리 용을 써도 안 된당께."

황당무계한 생각까지 했다.

스님으로 살겠다던 홍구는 살생이라는 죄업이 싫어 그렇게 말했으리라.

성호는 화재 소식을 들었다며 위로하는 딸의 전화를 받고 쓸쓸하게 웃었다.

"그려, 다시 시작허는 거여. 잡초처럼 살라는 것이 숙명 아녀. 쓰러지면 다시 일어나는 잡초."

화마를 숙명으로 받아들이고 재기를 꿈꾸며 아내와 딸의 재회의 날을 기다렸다.

성수는 상준을 찾아가 성질부터 부렸다.

"어떻게 되는 거여. 회장이면 멸사봉공의 자세로 앞으로 계획을 회원들에게 말혀야지."

"나도 생각이 있다네. 기다려 보게."

상준은 그 말밖에 할 수 없어 답답함을 표시하였다.

검게 그을려 쓰러진 특화시장의 잔해를 바라보며 상준의 말을 상기해 보았다.

막연했지만 믿어보는 수밖에 달리 방법이 없었다.

광호는 서천집에서 소주를 마시며 혼잣말을 하였다.

"안되는 놈은 용을 써도 안된당께."

희망이 날아 가버린 현 상황을 보며 절망하고 있었다.

"새옹지마라는 말도 있잖여."

서천댁은 술잔에 술을 따르며 위로했다.

"새옹지마?"

"대통령이 믿어달라고 혔잖여. 낡은 건물을 새 건물로 바꿔 준다고 생각혀."

곁에 앉아 위로하기 바쁘다.

서점

1

대왕고래 형상인 서천수산물특화시장에는 수산물을 전문으로 파는 227개 점포가 대왕고래 뱃속에 자리를 잡고 있었다.

사람들은 상회 이름이 새겨진 간판보다는 활어가 든 수족관을 보며 주인과 흥정하였다.

특화시장의 구조는 활어를 파는 점포가 중심이고 그 안에 활어를 공급하는 사람, 회를 전문으로 뜨는 사람과 회를 먹을 수 있는 상차림 식당이 모두 고래뱃속에 있었다.

성만은 대왕고래 주둥이 앞에서 쪼그리고 앉아 들락날락하는 사람들을 바라보고 있었다.

"주둥이로 빨려 들어가는 사람이 많아야 헐틴디."

혼잣말하고 있을 때 웅천댁이 식당으로 가기 위해 허겁지겁 다가왔다.

"그 큰 몸으로 어딜 꽁지 빠지게 뛰어 다닌당가?"

"늦었당께."

성만은 활어차를 운반하여 특화시장에 있는 상인들에게 활어를 공급하고 있었다.

"시장 돈을 혼자서 다 벌면 머헐라고?"

"아따. 먼 말을 그렇게 섭허게 헌다요. 지금에야 내가 살아 있다는 느낌이 든다니께. 그래서 이렇게 바쁜 것이고. 직장인들처럼 여길 드나들면 얼마나 행복헌지 몰러."

일에 단련된 풍요한 몸의 웅천댁은 몸매와는 달리 병원을 제집 드나들듯 한다. 지난번에는 당뇨로 눈이 침침해 보이지 않는다고 눈먼 강아지마냥 특화시장을 빙빙 돌았다.

"요즘 먼 좋은 일이 있긴 있는감?"

성만이 움직일 때 마른 수수깡이 바람에 움직이는 것 같다.

"일허는 것이 좋은 일이지 먼소리여. 여그 특화시장이 생겨나도 희망이라는 거이 생겼어. 그나저나 어은댁은 어떤가? 생각을 많이 허등만. 혼자된 지 오래되었고 생긴 것도 그만허면 됐고 살림살이도 허실이 없어."

그 말만 던져놓고 대왕고래 먹이처럼 입안으로 빨려 들어갔다.

웅천댁은 서천읍 내에서 칼국숫집을 해왔다.

특화시장이 준공될 즈음에 입주를 꺼리는 사람이 많아 군청에서는 상인들에게 특화시장으로 들어와 달라고 사정하며 설명하고 다녔다.

시내에서 식당을 하던 사람들은 군청 정문 앞에서 확성기를 틀어놓고 상인들을 다 죽인다고 개장을 반대했다.

군청에서 나온 장 주사가 웅천집을 찾아와 입주해줄 것을 간청하였다.

처음에는 그게 잘되겠어. 하는 마음과 시위를 하는 상인들을 봐 장 주사의 말을 흘려들었지만 계속하여 부탁도 하고 성공할 수 있다 말하여 못 이기는 척 대답하고 준공을 기다렸다.

서천군에서는 특화시장의 준공기일은 다가오는데 참여하는 사람이 적자 군민들의 축하 속에 시작되어야 한다며 대대적인 홍보를 하였다.

서천군은 인구가 적어 외지 사람을 끌어들이려면 가성비를 높여야 한다고 생각하고 이 일을 시작하였다.

어은댁 이야기를 듣고 싶어 웅천댁 말을 들어 주었다. 그것을 알기라도 하듯 거죽만 말하고 큰 몸을 뒤뚱거리며 고래뱃속으로 들어가는 웅천댁을 오래도록 바라보았다.

"성만이 오늘 좋은 물건이 있는감?"

고래뱃속을 바라보는 성만에게 홍구가 말했다.

성만이 남도 지방을 다녀왔다는 것을 잘 알고 있는 터였다.

군에서는 될 수 있는 한 서천에서 나는 물고기를 팔아달라는 부탁도 있었다.

서천 근해에선 잡히는 물고기가 적고 어종을 다양화해야 한다는 상인들의 요구에 따라 활어를 찾아 전국을 돌았다.

"친구는 요즘 잘되는감?"

수조 안의 물고기를 바라보며 말했다.

"잘되겠지."

시원치 않다는 듯 목소리가 모기소리로 바뀌며 대답하였다.

"자연산 다금바리 한 마리 있는데 한번 볼랑가?"

그렇게 말을 해놓고 활어차에 올라 뜰채로 다금바리를 건져 올려 뒤따라온 홍구에게 보여주었다.

"얼마를 받아야 혀?"

"삼백만 원만 받겠네. 친구는 육칠백은 받아야겠지."

"이런 시골에서 그렇게 비싼 물고기를 먹는 놈이 있겠어."

"보기나 혀. 어이구 이렇게 크다니까? 힘도 세고."

뜰채로 건져 올리자 뜰채가 적어 반쯤 찬 다금바리가 빠져나오려고 큰 몸을 흔들었다.

"수족관에 넣어 팔리면 돈은 그때 줄게."

말이 떨어지자 다금바리를 들고 빠른 걸음으로 가게 앞에 있는 수족관에 넣었다. 수족관에 들어가자 제 세상을 만난 것처럼 물을 튀기며 수족관을 휘돌았다.

수족관에 있는 다른 물고기들은 가장자리로 피하며 덩치 큰 다금바리의 눈치를 살폈다.

광어는 바닥에 납작 엎드려 죽은 척 몸을 움직이지 않았다.

"삼십 킬로에 가까운 놈여. 이놈 먹으려면 최소 삼십 명은 있어야 돼."

"삼십 명을 어디서 데려와야 하나?"

걱정스런 얼굴로 바라보았다.

"걱정 마 여기서 팔리지 않으면 도로 가져감세."

그렇게 말은 했지만 홍구는 한 번 자기 수족관에 넣은 물고기를 다시 되돌리는 성격이 아니라는 것을 잘 알고 있었다.

홍구가 특화시장에서 일하게 된 동기는 우여곡절이 많았다.

성만과 찻집에서 이야기하고 있을 때 군청의 장 주사 전화가 왔다. 위치를 말하자 바로 찾아와 성만과 같이 만났다.

그때 장 주사는 이렇게 말했다.

"군수님이 특별한 친구라며 특화시장에서 일을 할 수 있도록 해야 한다고 하였습니다."

말을 마친 장 주사가 눈알을 굴려 가며 주변을 살폈다.

"제가 할 일이 있소?"

생각지도 않은 일이라 장 주사의 말에 당황했다.

"특화시장은 주 업무가 활어를 팔고 활어로 상차림하는 곳으로 나눌 수 있습니다. 명목상 의류가게도 있고 과일가게도 있습니다만 군에서는 공격목표가 우리 서천 앞바다에서 나는 수산물입니다."

"제가 뭘 해봤어야지요."

군수의 부탁도 있었다는 말을 상기하며 말끝을 흐렸다.

"군수님도 잘 알고 있습니다. 군수님께서 특별히 부탁도 하였습니다. 군에서 보증하고 은행을 통해서 창업비용을 받을 수 있도록 하라고 말입니다."

"내가 하는 일이 노는 일인데 나 같은 놈한테 그렇게까지."

군수한테 미안하기도 해 말끝을 흐렸다.

"친구 먼 말을 그렇게 섭허게 헌당가? 군수가 친구인 것은 맞잖여."

성만이 끼어들었다.

"군수님은 홍구 씨를 잘 알고 있습니다. 아무도 모르게 지난번 선거에서 도왔다는 것과 상대편이 불량배를 고용하여 선거판을 흔들려는 것을 막은 일도 말입니다."

"그거야 친구니까……"

이번에도 말끝을 흐렸다.

"친구 어디 한번 용기를 내보게, 나도 친구 덕 좀 보자."

성만은 자신 없어 하는 홍구를 바라보며 사정하듯 말했다.

홍구는 군수와 친구 사이지만 만나지는 않았다.

군수가 되기 전이나 후에 한 번도 찾아가지 않았다. 그것은 고교 시절에 한 일 때문이었다. 고교 시절 별명이 왕초였다. 옷 잘 입고 부유한 친구들에게 점심값을 상납받았고 그 점심 값으로 받은 돈을 가난하고 도시락을 가져오지 못한 친구들을 위하여 썼다. 그때 주로 돈을 뜯긴 친구가 지금은 군수가 된 것이다.

그때가 마음에 걸려 자기는 내세울 게 없는 놈이라고 자책하며 뒤에서 소리 없이 돕고 있는 친구였다.

그때를 잘 아는 성만이 눈치를 보며 슬그머니 자리에서 일어나 커피값을 계산하고 정 마담과 억지로 이야기를 나눴다.

장 주사가 이야기를 마치고 나가자 성만은 다시 자리에 앉았다.

"어떻게 하기로 했나?"

얼굴을 빤히 바라보았다.

"저렇게 나오니 어떠것어."

"그래서 하기로 했나 안 했나."

속 시원하게 말을 하지 않자 다급했다.

"알았다고 했네. 이것이 기회가 될지 모르지."

"그럼 나는 무얼 해야 하나."

같이 놀기만 하다 사업을 한다고 하니 걱정이 되어 숨어들어 가는 목소리로 말했다.

고래가 납작 엎드린 형상의 특화시장 쪽을 바라보며 생각에 잠겼다.

"지금 생각해 봤는데 자네는 활어차를 하면 되지. 자네 성격도 맞을 것 같고."

성만이 했던 말을 떠올렸다. '나는 차만 타면 정신이 맑아진다니께.' 늘 그 말을 달고 살았다.

"차 살 돈은 어디서 구하고."

난감한 모습으로 바라보았다.

"나처럼 해달라고 말해줄게."

말끝을 흐리며 우뚝 서 있는 특화시장 쪽을 바라보았다.

엄청나게 큰 대왕고래가 물을 내려치려고 꼬리를 위로 치켜올리는 것 같았다.

"저놈이 나를 삼켜버릴지 몰라."

엉겁결에 그 말을 하였다.

"그게 먼 말이여. 삼키다니."

옆에서 혼잣말을 듣고 한 말이다.

"그렁게 있어."

고개를 숙였다.

이렇게 하여 우여곡절 끝에 홍구와 성만은 특화시장 사람이 된 것이다.

성만은 붙임성이 있어 사람들과 잘 어울렸다.

사람들이 성만이 가져오는 활어를 사서 장사를 하였다.

수족관 안에서 흰 거품을 뿜어내며 힘 있게 휘적거리는 물고기를 반대편에서 바라보던 성수는 성만이 다가오자 웃으며 반겼다.

"저그 물고기는 머시어?"

수족관에 담는 모습을 멀리서 바라본 성수가 말했다.

"다금바리여. 어제 목포에서 낚시꾼 광호헌티 가져온 거여."

"심해어라 잘 잡히지도 않고 값도 꽤 될 터인데 이런 시골에서 먹을 사람이 있겠어. 심해어는 얼마 못 가는데 어떻게 살려 왔을까?"

성수가 부러움 반 걱정 반으로 홍구 가게 쪽을 바라보았다.

"돈 잘 쓰는 건달들이 있잖어. 챙기는 동생들 말이여. 그걸 생각혀서 가져온 것이네."

"그렇긴 허지. 얼마나 나가는 놈이여?"

"정확히는 이십칠 킬로."

"비싸겠는데."

"육칠백은 주어야 먹지 아마."

"팔기 어려운 물고기여."

그렇게 말하고 반대편에서 수족관을 바라보고 있는 홍구를 보았다.

"거길 보면 머허나? 오는 사람들이 결정허는 건디."

"이 사람아, 그건 아무도 모르는 일이여."

"걱정이 되어서 그러네. 이놈들을 봐."

성수는 자기 수족관에서 애물단지처럼 도사리고 있는 은회색 민어 두 마리를 보며 씁쓸한 표정을 하였다.

민어는 그것을 알기라도 하듯 움직이지 않고 눈치를 보며 수족관 밖을 살폈다.

"도회지가 큰 군산만 같아도 금방 팔릴 건디."

"이건 민어도 아녀. 통치여. 통치."

"왜 통치여. 통치는 민어 아녀?"

"남도에선 민어로 취급허는 건 오십 센티는 되어야 혀."

통치든 민어든 살려서 수족관 안에 넣는다는 것은 거의 불가능한 일이다.

성수는 죽을세라 애지중지하며 겨우 살려 수족관 안에서 웅크리고 있을 수 있도록 하였다. 그것도 얼마 후에는 수족관 위에 배를 허옇게 드러낼 거였다.

"나는 저놈들만 보면 친구 얼굴 보기가 민망허네."

"곧 팔릴 것을 생각해서 받은 것 아닌가? 걱정 말게 대전에서 친구들 몇 명이 여그서 모임헌다고 혔어. 그때까지 살아있어야 헐틴디……"

성수는 그 말을 해놓고 근심 어린 모습으로 수족관 속의 은회색 민어 두 마리를 번갈아 바라보았다.

특화시장의 2층은 웅천댁이 있고 웅천댁처럼 서천 시내에서 식당을 하던 15명의 사람들이 각자 자기가 좋아하는 이름을 내걸었다. 모든 사람들이 서천상인들의 반대를 무릅쓰고 시작한 사람들이었다.

어은댁은 재래시장에서 어은식당이라고 써왔던 이름을 어은집으로 바꾸어 내걸었다.

강 너머 군산 어은동에서 서천으로 시집와 살면서 서천읍내에서 꽤 큰 백반집을 운영하였지만 잘되지 않아 아이를 키우는 일조차 힘들었다.

"성만 사장 사람들 좀 이리로 안내해 주구려. 이렇게 파리 날리고 있으니 힘드네. 저그 웅천집은 그려도 사람들이 있는데 우린 참 힘들어."

성수와 이야기를 하고 있을 때 성만을 보고 애원하듯 말했다.

"여그. 성수 사장헌티 부탁혀야지 내가 먼 힘이 있다요."

성만이 성수를 바라보았다.

"서해수산 사장님 어은집 좀 부탁혀요. 같은 군산 사람으로 돕고 삽시다."

어은댁이 성수를 바라보았다.

"아따. 인자 고향이 여근디. 누구를 차별헌다요."

성수가 어은댁을 바라보며 넉살을 떨었다.

"사장님 다리만 넘으면 군산인디 누가 타관 이야기를 허것소. 여그 친구들도 거의 모두 군산에서 고등핵교를 댕겼잖여요."

성만이 어은댁을 지긋이 바라보았다.

"다 돕고 살자는 거지요. 너무 그렇게 곡해허지 말어요."

"그럼요. 다 같이 살아야지요."

성수가 달래듯 말하자 어은댁이 쑥스럽다는 표정을 하며 2층으로 올라갔다.

"광어나 몇 마리 내려봐."

성수가 성만을 바라보았다.

"민어나 팔리면 들여봐. 언제든 바로 줄 테니."

"수조에 물고기가 꽉 차 있어야 배가 부르다니께."

"알았어."

성만은 광어를 가지러 수조차 쪽으로 무겁게 발길을 돌렸다. 광어를 팔기는 하지만 수조 안의 민어가 걸려 반갑지 않았다.

광어를 수대에 담아 성수 수족관에 부었다.

광어 3마리가 마치 추운 겨울날의 연처럼 팔락거리다가 실이 끊겨 추락하는 것처럼 바닥에 내려앉았다.

"이놈들 자연산이라는 것은 알고 있겠지."

성만이 수족관 바닥에 납작 엎드려 있는 광어를 바라보았다.

"가지고 올 때 보았네. 장사허는 놈은 나 인디 그걸 모르겠나?"

"고맙네."

자연산 광어는 배가 눈처럼 하얗다는 것을 장사치들은 다 알고 있다. 광어는 사람들이 쉽게 찾는 어종이고 가격도 저렴하다.

납작하여 횟감이 얼마 나올 것 같지 않지만, 생각보다 많이 나온다는 것을 먹어본 사람들은 다 알고 있다.

"아니 자연산 광어가 이리 도톰하게 살이 올랐어야."

성호수산 김 사장이 다가오며 말을 건다.

"김 사장. 내 민어 좀 팔게 해줘?"

성호를 바라보며 넉살스럽게 말했다.

"요즘은 나도 물건이 팔리지 않아 걱정여. 이제 곧 팔리것지. 우리가 누굴 정하고 파는 것도 아니고 일단은 먹으러 오는 사람이 있어야 팔든지 말든지 허지."

성호가 자기 수족관 쪽으로 눈을 돌렸다.

"내가 보니 그래도 성호 사장은 장사를 잘하덩만"

성만이 두 사람이 하는 말을 듣고 성호를 바라보았다.

"나야 바쁘기는 허지 정작 물고기를 팔아야 허는데 회를 뜨고 국거리를 만드는 일이 더 많아서 일을 많이 허는 것처럼 보이니 그려. 돈이 돼야지."

벌이가 시원찮다는 듯 말했다.

성호는 군산에서 제법 큰 횟집을 운영하고 있었는데 경제위기를 극복하지 못하고 문을 닫고 있을 때 특화시장이 생겨들어왔다. 이름도 그때를 생각해 성호수산으로 하였다.

군산에서 사업을 할 때는 인심도 있었고 단골들이 많았다. 그것을 알고 단골들이 서천까지 건너와 성호수산을 찾았다.

서해수산을 운영하는 성수는 직장에서 퇴직하여 몇 년을 빈둥빈둥 놀다가 강남도 같이 가면 무섭지 않다고 생각하여 특화시장에서 사업을 하는 친구를 따라 들어왔다.

친구들은 성수에게 그렇게 좋은 회사를 왜 그만두었냐며 책망하듯 말했지만 나름대로 피치 못할 사정이 있었다.

노조위원장으로서 늘 사원들의 편에서 일하다 보니 회사에서는 눈엣가시처럼 생각하고 있었다. 차기 노조위원장 선거에서 낙선하자 회사에서는 여러 구실을 달아 강제퇴직시켰다.

신임 노조위원장에게 부당함을 말해 보았지만 차기에 걸림돌로 생각해서인지 미온적으로 대처해주어 견디지 못하였다.

2

"어은댁이 기다리덩만."

태안에서 물고기를 가져와 가게 앞 주차장에 주차하고 나오자 그 모습을 바라보던 홍구가 말했다.

"어은댁이?"

특화시장 2층을 올려다보았다.

"인자 방황허지 말고 합쳐봐."

성만의 마음을 아는지 가재 눈으로 바라보았다.

"생각처럼 안되네."

"서로 맘이 있으면 되지 뭘 더 필요헌가?"

일하느라 객지를 조각배처럼 떠다니다 돌아오면 갈 곳이 없어 특화시장 주위만 빙빙 돌았다.

"어은댁이 뭐라 허등가?"

"자네가 말했잖은가?"

버릇처럼 머리를 긁적였다.

스님도 지 머리 못 깎는다고 성만도 어은댁과 같이 살고 싶은 생각은 있으나 생각대로 쉽게 되지 않았다.

홍구도 후배들을 다 장가보내고 혼자 늙어 간다고 생각하고 있을 때 생각지도 않게 지금의 여장부 같은 아내가 서둘러 쉽게 결혼하게 되었다.

현실인지도 모르고 끌려가다시피 결혼하고 나서 성만에게 '중도 제 머리 못 깎는 법여.' 라며 변명처럼 말했다.

이야기하고 있을 때 어은댁이 아래로 내려오며 둘을 바라보았다.

"아따 사내답지 않게 먼 말을 그렇게 속닥거린댜?"

둘을 바라보며 말했다.

"아니 그것이 아니고."

성만이 어은댁을 바라보며 얼굴을 붉혔다.

"어은댁 이야기를 하고 있었네."

성만이 주저하고 있자 홍구가 변명하듯 말했다.

"나를……"

"서로 그리워하다 다 늙어 가겠다고 말하던 참이었어."

"그려서 중신이라도 헐 참이어?"

어은댁이 웃으며 말했다.

"둘만 좋다면 그렇게라도 혀야 친구도 홀아비로 늙어 가지 않지."

어은댁의 얼굴도 붉어졌다.

"내 친구 좋은 놈이네, 내가 보장허지 이렇게 된 마당에 둘이 쓰디쓴 커피라도 한잔허면서 말을 맞춰봐, 내가 어은집은 봐줌세."

말이 떨어지자 어은댁과 성만은 얼굴을 마주보고 주저하고 있었다.

"성만이 무얼 생각하는가? 어서 같이 가보소. 혼자 끙끙 앓고만 있지 말고."

어은댁은 서천으로 시집와 딸 하나를 두고 살고 있었다. 신랑은 암으로 세상을 등진지 십여 년이 되었고 성만은 결혼도 하지 않고 혼자였다.

홍구 말을 빌려 못 이기는 척 둘이 특화시장을 빠져나갔다.

"어떻게 되었는가?"

둘이 밖으로 나가자 멀리서 바라보던 성수가 다가왔다.

"둘이서 그리워하는 사이가 아닌가? 잘되겠지."

"인자 총각 딱지 뗄랑가 모르것네."

성만과 친한 홍구의 의중을 살폈다.

"성만이 국수는 주것지."

"잘돼야는디……"

둘이 나간 출입문을 바라보았다.

한동안 이야기를 나누고 있을 때 좀처럼 오지 않던 홍구 부인이 하얀 헝겊 조각이 바람에 날아오듯 들어왔다.

"오셨어요?"

"아…… 네."

인사를 한 성수가 서해수산으로 돌아가자 수족관 안을 바라보았다.

"이렇게 큰 물고기는 뭐래요?"

"이게 다금바리라는 놈이여."

홍구가 심각한 표정을 하는 아내를 바라보았다.

수족관 안에서 홍구 아내를 노려보듯 바라보고 있는 회갈색의 다금바리가 좁은 수조 안을 빙빙 돌았다.

"이런 촌에서 이걸 언제 팔려고 들여놨소?"

"이런 놈이 있어야 마음이 든든혀."

수족관 앞으로 다가가 심각한 표정으로 바라보고 있는 아내를 이해시키려고 변명처럼 말했다.

홍구 아내는 근심에 찬 표정으로 특화시장을 눈으로 한 번 빙 둘러보고 밖으로 나갔다.

성수는 그 모습을 멀리서 바라보다 성호 앞으로 갔다.

"홍구 마누라가 왔다 가네."

성호수산으로 다가오자 성호도 보고 있었다는 듯 말했다.

"보고 있었어?"

"그럼 이렇게 투박한 공간에 환한 기운이 도는데 그걸 모르겠나."

"아깐 성만과 어은댁이 함께 나갔어."

성수가 그 일도 알고 있는지 떠보았다.

"알고 있었네. 어떻게 될지……"

성호는 특화시장에서 물고기의 회를 떠 주고 가끔 단골이 없는 사람들에게 어은집을 소개했기 때문에 어은댁의 속마음을 잘 알고 있었다.

이야기하고 있을 때 특화시장 안으로 들어오는 어은댁을 바라본 성수가 말했다.

"저그 어은댁이 들어오네."

어은댁이 홍구가 일하는 가게를 지나쳐 성호수산 앞에 다다르자 성수가 먼저 인사를 하였다.

"잘되었나 보요?"

힐긋 바라보고 얼굴을 붉히며 성호수산을 지나쳐 위층 가게로 올라갔다.

"잘되었나 보네."

성호가 2층으로 올라가는 어은댁의 뒷모습을 물끄러미 바라보았다.

"잘돼야지."

뒷모습을 보며 성수가 혼잣말을 했다.

"흠. 그런가?"

아쉽다는 듯 흥구수산 쪽을 바라보았다.

흥구는 성호 마음을 아는지 모르는지 수조 안 물고기들만 살펴보고 있었다.

"이 사람도 참."

성수가 자기 가게 쪽으로 발길을 돌렸다.

경제위기로 이혼한 성호도 내심 어은댁을 좋아했다.

사람들에게 어은집을 소개했으나 어은댁은 사업상의 동료로만 생각하고 있었다.

그것을 잘 아는 성수는 친구끼리 여자를 두고 싸움을 하면 안 된다고 생각하며 멀리서 둘 사이를 바라만 보고 있는 터였다.

성호는 나무 도마 위에 회칼을 꽂아놓고 입구 쪽 흥구수산을 지나쳐 밖으로 나가려 하자 흥구가 성호를 바라보았다.

"이 사람아, 여자가 좋아 혀야 성립되는 거여."

일침을 놓자 흘려들으며 밖으로 나갔다.

그 길로 특화시장 밖에 있는 편의점에 들러 2홉들이 소주를 들어 병나발을 불었다.

얼마가 지나 술기운이 온몸에 가득한 성호가 흥구가게 앞으로 비틀거리며 들어왔다.

"대낮부터 먼 술이여?"

"미안허네. 친구를 축하혀 줘야 헐 판에 바보같이……"

"이 사람아, 그건 여자가 결정허는 것이네. 어은댁이 자네 맘을 모르것는가?"

"알면 머 허나? 술을 마시고 저 앞 실개천 앉아있으니 별생 각이 다 들었네. 나를 두고 딸까지 데리고 떠난 여편네도 생 각나고……"

"거봐 자네는 아직 어딘가에 있을 아내를 생각하고 있는 거 아녀?"

"그렇긴 허지."

홍구수산 안으로 들어가 홍구가 늘 앉아있던 간이침대 위 에 모로 쓰러져 잠들었다.

"아니 이 사람 왜 그러나?"

멀리서 바라보고 있던 성수가 다가와 성호가 모로 구겨져 잠들어 있는 모습을 모르는 척 바라보았다.

"서운허겠지. 그동안 성호가 어은댁을 위해 얼마나 노력혔 는가?"

"그렇긴 혀."

이야기하고 있을 때 성만이 들어왔다.

"어떻게 되었나?"

홍구가 성만의 얼굴을 바라보았다.

"성호는 왜 그래?"

모로 구겨져 잠들어 있는 성호를 모르는 척 바라보았다.

"이 사람 몰라서 그려."

성수가 성만을 바라보았다.

"어은댁과 성호 말을 혔었네. 어은댁도 성호의 마음을 알고 있었나 그 말을 허데."

성만이 둘의 얼굴을 하나하나 바라보았다.

"그려서?"

"어은댁 말은 이혼한 여자는 새끼들이 있어 언제든 돌아올 수 있는 거라며 뒷말을 흘렸어. 그리고 인자 우린 돌아오는 적당헌 날을 골라 식을 올리기로 혔네. 숙자도 있고 허니 이해 시켜야 되고."

"어은댁 딸 말인가?"

성수가 끼어들었다.

"먼 말이여. 숙자는 내 딸이여."

"벌써 그렇게 됐나."

미소를 보내며 성수가 성만을 바라보았다.

"날짜도 잡았는가?"

홍구가 축하하듯 말했다.

"언제든 새봄에 허기로 혔네."

성만이 그 말을 하고 흥구와 성수를 번갈아 바라보았다.

"잘했네."

"잘했어."

둘이서 진심으로 축하해 주었다.

친구들에게 결혼식 일정까지 발표하고 나서 더욱 열심히 일하였다.

일주일에 한 번꼴로 물고기 수송을 위해 외지로 나가던 성만은 앞당겨 사흘 걸러 한 번씩 외지로 나갔다. 어은댁은 그 모습을 멀리서 뿌듯하게 바라보았다.

3

"오늘 다금바리를 처리허네."

참돔을 사러 목포를 다녀온 성만이 들어오자 흥구가 반갑다는 듯 말했다.

"잘됐네. 누가 먹는다고 혔는가?"

"군산 후배들이 이곳에서 모임헌다고 혔네. 고기도 보고 계약금도 백만 원이나 주고 갔어. 숙성도 혀야 되니 하루쯤 미리 잡으려고…… 곧 성호가 올 것이네."

얼굴이 접시꽃처럼 환했다.

"잘되었네. 인자 자네 각시 얼굴 볼 명분이 생겼네. 그동안 미안혀서 죄인처럼 거북혔는디."

"이 사람아. 그게 자네 탓인가? 내가 돈을 더 벌어 보자는 심산에서 들여놓았지. 오늘은 무얼 가져왔는가?"

"자연산 참돔."

"다금바리를 빼고 나면 그 자리가 허전헐 틴디 잘되었네. 참돔 몇 마리 들여놓게."

말이 떨어지자 활어차에서 참돔을 수대에 담아 수족관에 넣었다.

다금바리가 중앙을 차지하고 있는 수족관에 붉은 참돔이 사이를 끼어들어 수족관은 더욱 좁게 보였다.

다금바리는 자기의 갈 길을 알고 있는지 참돔에게 틈을 마련해 주었다.

"참돔은 어디서 가져왔는가?

"완도여. 완도산이 최고지. 그놈들이 완도를 거처 제주까지 간다니께 힘도 존 놈들이여."

"그런가?"

"이놈들은 회유하는 놈들이고 완도와 제주도를 평생 회유 헌다니께."

수족관에 담겨있는 참돔을 바라보며 말했다.

참돔이 수족관에 들어가자 수족관이 온통 연한 분홍빛으로 보였다.

몸이 예쁘다는 것을 아는지 좁은 공간을 비집고 다니며 자태를 뽐냈다.

홍구는 쭈그리고 앉아 수족관 내부에서 이루어지고 있는 모습을 한동안 바라보았다.

연분홍색인 비늘에 청록색이 감도는 색도 들어있다는 것을 발견하고 말했다.

"이놈들은 연분홍만 있는 것이 아녀."

"그려서 물고기 중 제일 이쁘다고 안 허나."

"이따, 다금바리 손질하는 걸 봐둬 신기에 가까운 친구네. 여기서 누구도 저렇게 큰 놈을 손질하는 사람도 없어. 한때는 명인 소리를 들었어."

멀리서 그 모습을 바라보던 성호가 다가왔다.

"뜰채가 어디 있나?"

성호가 주변을 둘러보았다.

"여기 있네."

뜰채를 건네주자 다금바리를 주둥이부터 뜰채에 넣고 들어 올렸다. 뜰채보다 몸이 커 반쯤 나와 꼬리를 무겁게 흔들었다.

"같이 들어야 혀."

뜰채를 홍구에게 건네고 성호는 뜰채의 그물 사이로 손가락을 집어넣어 한 손은 주둥이와 한 손은 아가미를 잡아 들어 올렸다.

"이렇게 잡아야 혀. 이렇게 무거운 놈을 광호는 어떻게 낚시로 잡아 올렸을까?"

"그렇게 기술자지."

두 사람이 버겁게 들어내자 성만이 말했다.

"산란을 위해 삼십 미터까지 올라온 다금바리가 남해나 서해에서 더러 잡힌다네."

"광호가 낚시하는 것을 보았는가? 사람들이 신기에 가깝다고 허등만."

성호가 성만을 바라보았다.

"나도 듣기만 혔어. 허지만 아무나 이렇게 큰 놈을 낚아 올리지는 못허지."

바닥에 내동댕이쳐 있는 다금바리를 내려다보며 광호의 말을 떠올렸다.

"요즘 낚시는 장비가 반을 차지허지. 이 낚싯대는 낚싯대 위에 모기가 앉아도 그 기운을 손에 느낄 수 있거든."

광호는 그 말을 하며 낚시 가방을 들어 보였다.

성호는 먼저 자기 호주머니에서 핸드폰을 꺼내 오페라 아리아를 틀었다.

큰 고기를 잡을 때는 늘 아리아를 들으며 작업을 하였다.

사람들은 투박한 공간에서 어울리지 않는 클래식 음악이냐고 말했지만 고집스럽게 노래를 틀었다.

어두침침하고 투박한 공간에 사람들이 지나다녔다. 다금바리의 해체는 상관하지 않고 가게를 오고 가며 떠들고 흥정을 하였다.

특화시장에 클래식 음악이 끼어들어 어색하게 하였다. 막 프리마돈나의 고음이 고조에 이르자 거기에 맞춰 머리를 칼등으로 쳐 기절시키고 비늘을 벗겨냈다.

"여그서 비늘을 벗겨내고 도마에 올려야 혀."

비늘을 다 벗겨내고 도마 위에 올려놓았다.

마른 수건으로 다금바리의 몸을 닦고 회갈색 몸에 칼을 댔다.

맨발로 갯벌을 걸을 때 발가락 사이로 갯벌이 비집고 올라오듯 다금바리의 연회색 살이 칼날 사이로 부풀어 올라왔다.

성수도 구경하러 다가왔다. 사각사각 칼끝이 움직이자 분해되기 시작했다.

"이놈은 진짜 자연산이 맞아. 요즘은 가짜 다금바리가 설치네. 능성어가 둔갑허지. 작은 것들은 전부 대만에서 양식으로 들어온 것이고. 여그 봐 모두 깊은 바닷물처럼 회갈색이 잖여. 싸락눈처럼 하얀 점이나 줄이 있는 것은 보기는 좋으나 양식 기술이 발달한 대만에서 들어온 놈들이여. 그놈들은 모두 작은 놈들이지. 교배로 대량으로 만든 것이고. 큰 것들은 흔한 능성어가 자리를 잡았고"

혼잣말을 하며 작업을 계속했다.

서천

"능성어와 다금바리는 뭐가 다른가?"

성수가 중얼거리는 틈에 끼어들었다.

"주둥이를 보면 쉽게 알 수 있어. 아래턱이 위턱보다 더 길 잖어, 이걸 부정교합이라 허는 거여 다금바리는 이렇게 주걱 턱이어."

칼로 주둥이를 툭툭쳤다.

홍구는 도마 위에 늘어져 있는 다금바리의 모습을 바라보 며 생각하였다.

도마 위의 회갈색의 물체가 문득 도마에 구멍이 뚫린 것 같 은 느낌이 들었다. 공간으로 들어가는 또 다른 세상의 구멍. 목줄을 칼로 따자 붉은 피가 도마 위로 지렁이처럼 흘러나왔 다. 붉은 피는 도마를 적시고 이윽고 도마 아래로 실처럼 풀 어져 흩어졌다.

"이렇게 혀야 피가 빠지는 거여."

아무렇지도 않은 게 늘 하던 일처럼 신기한 손놀림으로 칼 을 움직였다.

성수는 그 모습을 배우려는 듯 자세하게 바라보다 자기는 도저히 저렇게 할 수 없다는 듯 도리질 쳤다.

"저기 호수를 가져와 봐."

물이 실한 오줌발처럼 흘러나오고 있는 비닐 호수를 바라 보았다.

마치 군대에서 사격하는 조수처럼 홍구는 사수인 성호 옆에 딱 붙어 시중을 들었다.

피가 흘린 곳에 물을 뿌리자 물과 섞인 피는 마치 또 다른 세상의 공간으로 흘러나가는 것 같았다.

어느 시인이 잘 먹었다고 고마워하면서 주고 간 『푸른 도마의 전설』이라는 시집을 떠올렸다.

수많은 칼질로 움푹 파여 버려진 도마 위의 빗물처럼 자신의 암울했던 지난날이 피처럼 떠나가는 것 같았다.

"그래 그런 날도 있었지."

작은 읍내를 떠돌던 자신을 돌아보며 혼잣말을 했다.

성호는 한 걸음 옮기면서 꼬리를 반쯤 썰어 꺾었다.

"봐 여그 서도 피가 흐르지."

그 말을 하고 꺾은 꼬리에서 등뼈의 구멍을 찾아 긴 철사를 꽂고 쑤석거리니 죽은 듯 움직이지 않던 다금바리가 잎을 크게 벌리고 온몸을 파르르 떨었다.

"곱게 죽지 못허네."

홍구는 눈을 찌푸렸다.

"본능적으로 이렇게 몸을 떠는 것이여. 물고기들은 아픔을 모르는 거고 낚싯바늘에 걸려 나오지 않으려고 바동거리는 물고기를 생각혀 봐. 아프면 그렇게 허것어."

그 말을 하고 반달 모양의 칼로 바꿔 잡고 등지느러미와 옆지느러미를 쳐냈다.

다금바리에 물을 뿌려 피를 흘러내린 다음 수건으로 물기를 닦았다.

배를 갈랐다. 배 안에서 축구공만 한 내장이 두 개나 나왔다.

"이건 위장이고 이건 창자와 간이네. 매운탕에는 이것들이 들어가야 감칠맛이 생기거든."

위장을 반으로 가르자 위장에는 아무것도 없었다. 이물질을 칼로 긁어내며 말했다.

"다 소화시켰구만."

한동안 도마 위를 내려다본 후 양쪽 볼에서 볼살부터 떼어냈다.

"이건 볼살이네. 한 점 혀 봐."

종발 위에 여러 조각으로 썰어낸 볼살을 넣어 놓고 친구들에게 맛을 보라는 듯 먼저 한 점을 우물거렸다.

"인자 내꺼 아닌디······"

성수가 종발 위로 고기 한 점을 집으려고 손을 올리자 흥구가 혼잣말을 했다.

"이 사람아, 고기가 이렇게 많은디 누가 알 것능가?"

종발 위에서 손을 슬그머니 내리자 우물거리며 성호가 말했다.

"한 점씩 혀 봐."

홍구의 말이 떨어지자 성수가 다시 종발 위로 손이 갔다.

다시 입술의 살점을 둥그렇게 오려냈다.

"이건 입술 살이여. 이걸 먹으면 살이 입에서 톡톡 튄다니께. 식감이 색다르지."

혼잣말하며 회칼을 부위대로 다르게 움직였다. 신기하게 부위마다 떼어낸 살점이 달랐다.

"저렇게 기술적으로 썰어내는 건 처음 보네. 정말 명인은 명인이야."

성수가 칼솜씨를 보며 혼잣말을 했다.

"이 사람아, 명인이라는 소리를 아무나 듣는가?"

지켜만 보고 있던 성만이 끼어들었다.

"이렇게 큰 물고기의 부위가 몇 개가 되는지 아는가?"

잠시 하던 일을 멈추고 친구들을 바라보았다.

"그걸 어떻게 아는가? 먹어보기도 힘든디……"

"서른두 가지 여."

홍구가 친구들과 제주에서 먹어본 기억을 떠올렸으나 그때 먹은 다금바리가 진품인지 구분할 수 없어 말하지 않았다.

다시 시작된 성호는 눈알을 빼내고 주변 살까지 오려냈다.

친구들은 잔인함에 얼굴을 찌푸렸다.

성호의 손이 움직이면 또 다른 색깔의 살점이 접시 위에 올려졌다. 그사이에도 무슨 곡인지도 모르는 프리마돈나의 목소리는 계속 흘러나왔다.

음악의 고저에 맞게 칼질을 천천히 아니면 빨리 반복하고 있었고 음악과 함께 칼과 호흡을 같이 하고 있었다.

눈동자만 작은 종발 안에 담으며 얼굴을 찌푸리고 있는 친구들을 바라보았다.

"먹는 놈은 누구고 이렇게 먹게 만드는 놈은 누구여."

눈을 찡그리고 있는 친구들을 슬쩍 바라보고 다시 일에 열중하였다.

흥구는 종발 위에 있는 눈동자를 바라보았다.

눈동자가 아직 살아있다는 듯 허공을 바라보고 있었다.

검은 눈동자가 바라보는 공간은 특화시장에서 아무도 모르는 눈동자들이 모여 있는 공간일 거라 생각했다.

살아있는 눈동자를 바라보며 이 공간에서 무수히 죽어간 수많은 생선의 눈동자를 떠올려 보았다.

"아니지. 내가 뭔가에 취했었나 봐."

혼잣말하고 도리질을 했다.

머리부위의 살을 도려내고 머리를 잘랐다.

"이거 보라고."

눈동자도 없는 잘라낸 머리를 들고 자기 얼굴을 가렸다.

머리가 얼굴을 다 가려지고도 남았다.

바로 전까지 수족관에서 물고기들을 호령하던 모습이 아니었다.

눈알이 빠지고 입술과 볼살이 도려내진 처참한 모습의 머리가 자꾸만 가까이 다가왔다.

"이 사람아."

홍구는 자리를 피했다.

"죽은 물고기 머리를 보고 뭐 그리 놀라나?"

성만이 웃으며 홍구를 바라보았다.

"보기가 흉허구만."

성수가 장난하며 웃는 친구들에게 한마디 하였다.

성만은 이미 생명력을 다한 머리의 잔해를 보며 젊은 날 일을 했던 광주를 생각했다.

그때 일이 터졌다고 직장도 문을 닫았다. 고향 서천으로 올라가려고 해도 군인들이 길을 다 막아 갈 수도 없었다.

하숙집 2층에서 시내를 내려다보니 총에 맞은 학생으로 보이는 사람이 길거리에 있는 쓰레기 같았다.

시위하던 많던 사람들은 다 어디로 사라지고 죽은 사람만 홀로 남아 입고 있는 옷이 마치 봄날 이팝나무 꽃가루 같이 펄럭였다.

막은 길이 풀리자 아버지의 고향인 벌교로 향했다.

아버지의 얼굴도 모르는 성만은 부용산을 끼고 있는 마을을 전부 돌아보았다. 하지만 아버지의 흔적은 찾을 수가 없었다.

지나가는 노인과 마주치면 아버지 박근택을 아는지 물었지만 아는 사람은 없었다.

부용산에 있는 부용산 시비 앞에 소주잔을 놓고 큰절을 하였다.

지나가는 사람들은 시인과 인연이 있어 절을 한다고 생각할 일이었다.

"아버지 저는 누구입니까? 광주에서 죽은 많은 사람들 처럼 아버지도 그렇게 가셨습니까?"

세일즈에 필요한 카드를 한 주먹 가지고 종종 광주에서 벌교까지 가 영업을 하였다. 시골에서 책을 사는 사람은 없었지만 그래도 벌교 땅이 좋았다.

"박성만 씨는 오늘 어디서 영업을 했나요?"

팀장이었다.

"벌굡니다."

"거긴 시골이라 책 한 권도 팔기 힘든데 거길 왜 가요. 카드가 생명입니다."

끊어온 카드로 봉급을 책정하기 때문에 책망받을 일은 아니었지만, 벌교 땅이 그냥 좋았다.

성호가 더는 반응이 보이지 않자 머리를 도마 위에 내려놓으며 한마디 하였다.

"이게 매운탕으론 최고지. 저그 내장과 함께."

"탕거리를 어디로 보내나?"

성수가 홍구를 바라보았다.

"이 사람 다 정해진 거 아녀."

생각에 잠겨있던 성만이 깜짝 놀라 그 말을 하고 들으라는 듯 홍구를 바라보았다.

"곧 장가 가는디 어쩌겠는가?"

성호는 묵묵하게 칼질만 열심이었다.

등뼈를 따라 칼을 넣고 살을 도려냈다. 살이 두 조각으로 나오자 다시 한 조각씩 껍질을 벗겨내 소중하게 껍질부터 썰어 접시 위에 올려놓았다.

"이건 껍질이네. 허지만 이 껍질은 맛이 참 색다르지. 사람들이 살코기와 전혀 다른 느낌의 껍질을 좋아도 허고."

혼잣말하고 두 덩이의 살코기를 하나씩 하얀 수건 위에 올려놓고 물기를 뺀 다음 말했다.

"이건 너무 두툼하여 반으로 썰어야 허네."

그 말을 하고 반으로 썰었다.

"이건 뱃살이지 여기에 붙어있는 이건 고래힘줄처럼 질겨 이빨 새에 끼이면 잘 빠지지도 않어."

뱃살에 붙은 하얀 살을 오려내 국거리가 담겨있는 수대에 던져 넣었다. 이윽고 순서대로 뼈를 빼내고 살코기를 철석철석 손바닥으로 두드렸다.

"살 좋다."

도마 위에 하얗게 뭉텅이로 남은 살코기를 두드린 장갑을 보여주었다. 장갑에는 습기가 아닌 뭔가에 윤기가 흘렀다.

친구들은 군침을 삼키고 그 모습을 바라보며 누구 하나 말을 하지 않았다. 성만은 뭔가 아는 듯 침을 삼켰다.

어두침침한 실내에서 침을 삼키는 소리가 마치 자동차 시동을 거는 소리처럼 컸다.

성수는 성만을 보며 말을 하려다 성호를 바라보았다.

"이거이 불포화 지방이라는 거여. 사람헌티 좋은 기름이지."

회를 한 점 한 점씩 떠내 접시에 가지런히 담았다.

"참 명인은 명인이야."

성수는 혼잣말하며 성호의 칼질을 한순간도 놓치지 않았다.

한 시간쯤 지나자 성호의 한숨 소리가 높은 천장까지 울려 퍼지는 것 같았다.

홍구는 왕거미가 실을 뽑아낸 것처럼 엉키듯 짜여있는 높은 천장의 철 구조물을 올려다보며 생각했다.

"용케도 살아왔어."

자기의 헝클어졌던 지난날이 스르르 펼쳐졌다.

달밤 고향 초가지붕의 하얀 박처럼 성글게 대롱대롱 매달려 있는 조명등은 좋았던 기억같이 희뿌연 색을 토해내고 있었다.

"먼 말이 당가?"

성만이 광주로 취업차 나갔다 다시 돌아와 울산으로 배를 타러 간 몇 년을 빼고는 홍구와 서천에서 같이 살았다.

"그렇게 있다네."

성호는 여러 접시에 올려놓은 살점을 보며 해냈다는 듯 친구들을 바라보았다.

"어은댁 오라 혀."

성호의 말이 떨어지자 성만이 그중 무거워 보이는 국거리가 담겨있는 수대를 들고 반대편 2층에 있는 어은집 쪽으로 발길을 돌렸다.

"전화만 허면 되는디……"

성호가 씁쓸한 표정을 하였다.

"아직도 감정이 있는가?"

홍구가 성호를 보고 말했다.

"잊어, 널려 있는 거이 여자여."

성수가 위로하듯 성호를 바라보았다.

"이거 내일 쓸 물건이여. 냉장고에 넣고 숙성을 시켜줘."

성만을 따라온 어은댁에게 홍구가 말하자 놀라는 표정으로 주변에 가지런히 펼쳐져 있는 회 접시를 바라보았다.

"많기도 허네 잉."

"삼십 명이 먹을 것이어."

성수가 몇 접시를 포개 들고 성호도 그렇게 들었고 성만이 나머지를 들었다. 홍구는 아직 주인이라며 눈동자가 들어있는 종발 하나를 들고 뒤따라갔다.

아직 살아있는 듯 바라보고 있는 눈동자에서 이상한 광채 같은 것이 천장으로 뻗어 올라가는 느낌이 들었다.

"뭔가?"

혼잣말하며 눈동자의 광채가 올라간 천장을 바라보았다.

바로 전까지 엉키듯 짜여있던 철 구조물이 이제는 질서 정연하게 늘어서 있었다.

"내가 왜 이러나?"

죽음이라는 단어를 생각하며 아버지의 장례 행렬을 떠올렸다.

"수족관에서 왕 노릇하던 다금바리가 가고 지금은 천장을 바라보고 있는 눈동자를 들고 가잖아."

혼잣말하며 친구들 뒤를 따라갔다.

아버지가 마지막 숨을 몰아 쉬고 있었다.

마치 기차가 종착점을 향해 힘겹게 달려가는 모습이었다.

숨을 짧게 반복적으로 하다 종착점에 다다르자 점점 천천히 숨 고르기를 하였다.

한 인생을 다했다는 듯 깊은 한숨과 함께 숨을 멈추었다.

홍구는 그 모습을 보자 눈물이 핑 돌았다. 무릎을 꿇고 아버지 옆에 앉아 고개를 숙였다.

"아버지 불효자 죄송합니다."

아버지 앞에서 처음으로 눈물 섞인 말을 하였다. 그 말이 떨어지자 형이 따라 울었다.

"니가 안 온다고 지금껏 힘겹게 눈을 감지 않고 기다렸다가 너 오는 모습을 보고 가셨다."

형은 울면서 그 말을 했다.

만장의 행렬이 이어졌다. 친구들이 만장을 나눠들고 상여 뒤를 따라갔다. 맨 뒤에서 종발을 들고 따라가듯 그때도 그랬다.

다금바리의 살아있는 눈동자가 자꾸만 늦게까지 눈을 감지 않았던 아버지의 눈동자처럼 보였다. 죽었으나 죽지 않고 더욱 빛나던 눈동자.

"여그다 넣어 숙성되어야 허니께."

어은댁이 냉장고 문을 열자 성만이 친구들이 가져온 접시를 받아 넣었다.

"아따, 벌써 이렇게 되었나?"

성수가 그 말을 하며 성호를 바라보았다.

쓸쓸한 표정을 하고 있던 성호가 접시를 성만에게 건넸다.

"내일 저녁은 시간을 내주게 내가 한 잔 살 터이니."

친구들이 홍구를 바라보며 알았다는 듯 고개를 끄덕였다.

4

친구들이 슈퍼에서 플라스틱 탁자 앞에 앉아 홍구를 기다렸다. 성수는 성질이 급해 먼저 맥주를 한 병 가져와 안주 없이 병나발을 불었다.

"이 사람아, 그렇게 마시면 몸 상여."

성만이 맥주가 꿈틀거리며 넘어가는 성수의 울대를 바라보며 말했다.

그 모습을 바라보던 성호가 일어나 소주 한 병과 맥주 한 병을 가져왔다. 맥주잔에 맥주를 반쯤 채우고 그 위에 소주를 섞었다. 흰 거품이 잔을 채우고 이내 넘쳐 흘러내렸다.

"항상 저렇다니까?"

성만이 그 모습을 바라보았다.

흰 거품이 탁자 위에 닿자 갈색 유체로 바뀌며 이내 바닥으로 흘러내렸다.

성만은 활어차에 아무리 넣어도 채워지지 않는 갈증 같은 것이 있었다. 그것이 혼자라는 것 때문이라 생각하였다.

활어차의 한계는 있었지만 늘 그 이상으로 물고기를 채워 특화시장으로 실어 날랐다.

상인들은 다투어 성만이 가져온 물고기를 주문하였고 대부분 그날로 모든 물고기는 처분되었다. 일부가 남으면 떠맡기는 식으로 활어를 비웠다.

"다금바리를 어쩌면 그렇게 섬세하게 다루는가?"

성수가 술병을 비워 탁자에 내려놓고 말했다.

"수십 년간 배운 결과물인 것이어."

성호가 메기 눈으로 호기 있게 성수를 흘겨보았다.

"칼 솜씨의 기운이 지금까지 느껴지네."

성만은 그 말을 하며 두 사람을 바라보았다.

"뭘 그렇게까지…… 예술이라는 것은 한계를 극복하는 것이지 그래서 나는 예술가들의 능력을 아는 것이고. 예술가 칭호를 받는 화가들도 그림을 그리고 또 그리고 허면서 자기의 독특한 화풍을 만들어가는 것이고 아니 화가들만 아니지, 예술가들은 그 칭호를 받으려면 그만큼의 노력이 필요하다 그 말이네."

장황하게 자기의 예술적 경지를 예술가를 빌러 말했다.

"그래서 그 칼질이 예술의 경지에 올라 있다. 그 말이여."

성수가 자기 자랑에 도취된 성호의 모습을 바라보며 말했다.

"흠흠흠."

성호는 편치 않은 얼굴을 하며 일어나 다시 소주와 맥주를 한 병씩 가져와 섞었다.

"폭탄주는 몸 성허는디 빨리 취허기도 허고."

성만이 성호의 능숙하게 제조하는 모습을 보았다.

"먼 말여. 이렇게라도 허지 않으면 밍밍허니 꼭 오줌을 마시는 기분이어."

성호는 성만을 곱지 않은 시선으로 바라보았다.

"오늘같이 좋은 날 우리가 이렇게 살 먼 되것는가?"

성수가 성호의 곱지 않은 시선을 바라보았다.

"부러워 그러네. 부러워서."

체념한 듯 술잔을 비웠다.

"친구가 오기 전에 다 취해 버리것네."

성만이 술잔을 성수가 앉아있는 쪽으로 밀었다.

"이 사람아, 난 이 잔으로 백 잔을 마셔도 까닥도 않혀."

그렇게 옥신각신하고 있을 때 홍구가 들어왔다.

"벌써 시작혔는가? 오늘은 안주라도 걸게 혀서 마시세."

세 사람 사이에서 한기 섞인 기운을 느끼며 자리를 옮기자고 했다.

"우리는 내일은 없고 오늘에 사는 인생들인디 어디를 간단 말인가. 여그가 우리로는 최적지여."

성수 옆으로 밀어 놓은 술잔을 성호가 가져와 비운다.

"나 따라와 봐."

그간 마신 술값을 계산하고 친구들을 데리고 후미진 골목으로 들어갔다.

특화시장의 건립에 반대하는 시장 사람들 편에 섰다가 특화시장에 들어가지 못한 서천집으로 발길을 향했다.

하얀 사각 아크릴 간판에 서천집이라는 검은색 글씨가 밤이라 그런지 더욱 선명하면서 쓸쓸하게 보였다.

홍구는 그 자리에 서서 우두커니 홀로 빛을 발하는 간판을 올려다보며 잠시 지난날을 생각했다.

그때 시위하지 못하게 역할을 했던 터라 아직도 그때의 일이 선명하게 떠올랐다.

"이 사람 가다 말고 먼 일이 당가?"

"이 간판을 보면 지난날이 생각이 나네."

"지난 일은 생각하지 말게. 연민에 젖어있으면 될 일도 되지 않아."

성만이 광주에서 세일즈맨이라는 제목으로 교육하던 강사

의 이야기를 들은 적이 있어 그 말을 하였다.

그때 강사는 항상 된다고 생각해야 일이 된다고 말했다.

"들어가세."

성수가 두 사람의 이야기를 듣고 있다 끼어든다.

성호가 두 사람을 잡아끈다.

문을 밀치자 안에서 홀로 술을 마시고 있는 사람이 있고, 벌써 취했는지 앉은 자세로 들어오는 사람들을 바라보았다. 광호였다.

"뭐헌다. 서천댁을 한번 후려보려고 혼자서 술을 마신다."

홍구가 광호를 바라보았다.

"이리들 오게. 낚시 갔다가 집에 들어가기가 싫어서 이렇게 왔어. 갈치도 주어야 허고."

"갈치를."

성만이 갈치를 보려고 주위를 훑어본다.

"아따 여그 있것소. 냉장고에 벌써 들어갔지."

서천댁이 다가왔다.

"아니 서천댁. 친구를 혼자서 마시게 놔두면 되것소."

성수가 혼자 술을 마시고 있는 광호 옆에 앉았다.

친구들이 모두 합석했다.

"안주로 갈치찜을 해주고 술도 가져오소. 그리고 안주 될 것을 좀 가져와요."

홍구가 서천댁을 바라보았다.

"그려. 낚시로 잡은 갈치 맛을 한번 봐. 살이 도톰허게 올라 있어. 모두 4지짜리고."

광호 말을 들으며 서천댁이 서둘러 주방으로 들어갔다.

성만은 냉장고에서 맥주와 소주를 반반씩 가져와 탁자 위에 올려놓았다.

"요즘 서해에서도 갈치가 많이 잡힌다등만."

홍구가 낚시꾼에게 들을 이야기를 하며 광호 눈치를 보았다.

"그려, 전에는 통영에서 낚싯배를 타고 네 시간이나 가서 갈치낚시를 혔는디 요즘은 서해에서도 갈치가 난다니께."

광호가 그 말을 하며 취기에 가득한 눈으로 친구들을 바라보았다.

"벌써 취했네."

성만이 광호의 취한 모습을 바라보았다.

"소주 두 병째네. 앞으로 세 병은 더 마셔야 정량이어."

광호가 소주를 잘 마신다는 것을 친구들은 다 아는 터였다.

"바다에서는 그럴 수 있지만 여근 안 된당께."

성만이 광호 앞에 있는 소주병을 끌어당겼다.

"오늘 출조는 어디로 혔능가?"

성만이 더는 술을 못하게 말을 시켰다.

"서해안이어 어청도 근해."

"어청도?"

"거기까지 나가야 갈치가 커."

"그때 다금바리는 목포였잖여."

"난 남 서해 안 가려. 잘 나온다면 미친놈처럼 바로 쫓아가지."

그렇게 말을 하고 창밖을 바라보았다.

홍구는 광호의 눈가에 비친 반짝이는 이슬 같은 것을 보았다.

광호는 아내가 죽자 재혼을 하였고 전처소생의 아들이 성인이 되면서 재혼한 것을 반대하며 온갖 행패를 다 부렸다.

매일 술에 절어 살면서 술 취하면 아버지의 마음을 헤아리지 못하고 마음을 후벼 파놓았다.

자식이라 그 소리를 듣고도 참았지만, 점점 더 심해지는 모욕을 참을 수가 없어 술과 낚시로 세월을 보내고 있었다.

가끔 같은 방향이면 성만의 차를 탔다. 그때 푸념처럼 내뱉는 광호의 한숨 섞인 이야기를 들었다.

"누구나 연민이라는 것이 있잖여. 그놈도 시간이 지나고 머리가 여물면 정신 차리것지 허고 기다려 보았지만 매한가지여."

그때 성만은 광호의 표정을 보며 위로하듯 말했다.

"참다 보면 아버지 마음은 아들이 제일 잘 알지. 실수도 아버지 편에서 용인해 주고."

성만은 그렇게 말을 하였지만 다 큰 아들이 변할지는 의문이 들었다.

광호의 아들은 성장기가 아니라 이미 성인이 되었기 때문이고 알코올 중독 상태이기 때문이었다.

"오늘은 친구들이 다 모였네."

광호가 앉아있는 친구들을 둘러보았다.

"지난번 다금바리 그놈을 팔았거든."

홍구가 광호를 바라보았다.

"그런 놈을 이런 시골구석에서 팔기는 힘든다. 먹을 놈도 드물고."

광호가 홍구를 바라보았다.

"장사꾼이 뭘 못 팔것어."

홍구가 애를 태우던 지난날을 잊었는지 그 말을 하였다.

"그나저나 그놈을 어떻게 잡았나?"

성수가 다금바리의 모습을 떠올리며 말했다.

"한 시간 동안 시름하였지. 우연이었고 참돔이나 감생이를 잡으려고 추자도로 출조했는데 옆에서 다금바리를 잡는다고 난리 아니었겠어. 그래서 그들을 따라 나도 해봤네. 다금바리는 심해 어종이라 멀리 나가야 되어 그놈들은 잡지 않아. 그놈들은 심해 백오십 미터 이상 암반에서 사는 놈들이여. 우리나라 근해에는 없고 대한해협 쪽으로 가야여. 헌디 산란철이라 우리나라 추자도 쪽으로 온다는 거여. 그 길을 잘 아는 다금바리 전문 낚시꾼들이 추자도로 온 거고."

성수는 귀를 세워 경청하였다.

"어떻게 살려서 온 거여."

"낚싯배 있잖여. 거기에 산소를 가지고 댕겨. 수족관도 있고."

"그려. 과정을 말해줘. 나도 낚시허러 갈랑가 모르잖여."

"나같이 모든 걸 잊으려고 다니는 것과는 달라. 우연이라고 말은 혔지만 낚시에서 우연은 없는 것이어. 이 미터가 넘고 삼십 킬로가 넘는 놈을 낚시로 어떻게 올려? 힘을 쓰며 낚싯줄에 매달려 바둥대는 놈을. 그놈을 걸었을 때 한 시간 동안 사투를 벌였다니께. 겨우 선주가 도와주어 끌어내니 괴물이었지. 그때의 전문 낚시꾼들을 상상해 보게. 자기들은 다금바리 전문 낚시꾼인디 한 마리도 낚지 못하고 있었으니."

성수는 같이 낚시를 하던 사람들을 상상하며 조합원 투표에서 이겼을 때를 생각했다.

개표 당시 시뻘건 탐욕의 눈동자들. 결과가 나왔을 때의 절망과 허탈함의 눈동자가 동시에 눈앞에서 현실처럼 나타났다 사라졌다.

"어깨너머로 보고 그놈을 잡았으니 오죽 혔것는가? 그놈들은 부산에서 온 놈들이고 전문가라 자칭허는 놈들인디. 그때 물속으로 36미터에 줄을 고정하여 기다리다 잡았었네. 배에서는 괴물을 낚아 올렸다고 난리였고. 선장은 곧바로 어창 아래 산소가 가득한 수조에 넣었지. 살려야 값이 많이 나간다고 하며 선장이 5백만 원에 팔라고 말혔지만 안 팔고 성만이 헌티 전화혔었네. 그리고 나는 잡은 고기를 팔지 않는 놈이고. 어부가 아니잖여."

그때가 생각나는지 광호가 팔뚝에 힘을 주자 굵은 힘줄이 돋았다.

"그 모습들이 훤하게 보이는 듯허네."

성수는 망망대해에서 온갖 생각을 다 잊고 낚시에 전념하는 낚시꾼 광호를 상상했다.

홍구는 광호의 이야기를 들으며 한편으론 폭탄주를 만들고 있었다. 성수는 광호의 이야기가 오래도록 여운을 남겼다.

성수는 성호의 능숙한 손 움직임을 보며 생각했다. 누구든 자기가 가장 잘하는 것을 자랑하며 사는 것이지. 나는 무엇인가? 수십 년 동안 다니던 직장을 그만두고 길거리를 방황했었으니. 지금부터 새 인생을 시작하는 것이지 지난날을 잊어야 살 수 있어.

성호는 나름대로 자기가 회를 뜨는 칼질을 누구보다 잘한다고 자부하고 있고, 성만은 여기저기를 돌아가며 인맥을 깔아 놓고 수많은 물고기를 활어차에 담아 판매하고 있고. 흥구는 많은 인맥을 활용한 영업을 하고 있다. 친구들에 비해 모두 허약한 상태라 생각하였다.

"자네는 먼 생각이 그리 깊어."

흥구가 다 만들어진 잔을 돌리며 생각에 빠져있는 성수를 바라보았다.

"아, 아니네."

성수가 깜짝 놀라며 잔을 든다.

"자, 한 잔씩 하세. 건배."

흥구가 선창을 하자 모두 큰 소리로 건배를 외친다.

친구들이 몇 잔을 들자 그때서야 주문했던 갈치찜이 나오고 꼬록 한 접시와 무슨 회인지도 모를 횟감이 탁자 위에 올려진다.

"갈치찜 좋네. 이 횟감이 무엇인지 성호가 맞춰보게."

성수가 자기의 일을 자랑했던 성호를 보았다.

"이 사람아, 이건 도다리네. 도다리는 광어와 비슷하지만 육질이 달라. 여길 봐. 살결이 광어보다 하얗지 않지만 입맛은 완전 다르지. 먹어봐. 광어보다 좀 더 쫄깃한 식감이 있지. 광어와 도다리를 살아있을 때 알아보는 것은 좌도우광이라 혀. 도다리는 초봄에 쑥과 함께 끓여내는 도다리쑥국이 맛도 좋아. 도다리쑥국은 남도 지방에서 개발헌 것이어. 보릿고개에 새끼들 먹일 것이 없어 해변에 그 흔한 도다리로 음식을 만들었당께. 초봄 흔한 쑥을 뜯어와 함께 넣고 된장으로 간을 내면 별미가 되네."

"좌도우광? 도다리쑥국?"

"눈이 좌측에 있으면 도다리 우측에 있으면 광어라는 뜻이여. 도다리쑥국을 한번 먹어봐. 여그서도 초봄에 만든당께."

성만이 듣고 있다 성호를 거든다.

"광호 자네 다금바리 낚시 좀 더 알려주게."

성수가 술에 취해 고개를 꺾고 있는 광호를 바라보았다.

"다금바리는 30번 와이어 목줄에 30호와 40호의 낚시를 달아주고 미끼는 고등어 20센티 급을 하나는 눈에 완전히 통과하도록 끼우고 꼬리에 다시 한 개를 끼우네. 꼬리에는 다시 빠지지 않게 고정해 놓지. 이렇게 하여 캐스팅은 되도록 멀리 던지지 않고 가깝게 던져 넣는 거야."

"광호가 무슨 말을 허는지 알것어?"

성수가 이해를 못했는지 도리질을 하자 흥구가 성수를 바라보았다.

"먼 말인지 통."

"거봐. 술이나 마셔."

얼마가 지나자 친구들 다섯이 따로따로 떠들며 이야기한

다.

홍구는 친구들이 이야기하는 모습을 보며 생각한다.

얼마 전까지 친구들은 다 제각기 할 일을 한다고 주변을 떠났고 성만이 오기까지 혼자서 읍내를 떠돌았다.

왜 이렇게 살고 있나 자책도 하였지만 막상 무엇을 하려 해도 지금의 성수가 그렇듯 아는 것이 없었다.

방황하고 있을 때 광주로 떠났던 성만이 광주민주화운동으로 회사가 무너지자 자리를 잡지 못하고 고향으로 돌아왔고 그때부터는 둘이서 시간을 보냈다.

그것도 잠시였다. 서천에서는 배를 타려 해도 고향 사람들의 눈이 있어 울산으로 간다고 하며 훌쩍 떠났다.

"나도 옆에 앉것네."

왁자지껄 떠들어 대는 사이 홍구가 생각에 잠겨있자 그 옆으로 서천댁이 의자를 끌어와 앉는다.

"성만 사장 좋은 일 있다며?"

이야기가 한창인 성만을 바라보았다.

투박한 목소리 속에 갑자기 여자의 가는 소리가 틈입하니 색다르게 들려 친구들이 모두 입을 다물고 서천댁을 바라보았다.

"소문이 났당가?"

성만이 서천댁을 바라보았.

"그럼 시장 사람들 모두 아는디."

"벌써 그렇게 됐당가."

"잘살어. 어은댁은 사람 좋고 조리 있게 일도 잘허지. 잘혀 줘."

서천댁은 어은댁에 대해 모든 것을 다 아는 것처럼 부러운 듯 성만을 바라보며 말했다

"우리 친구는 그만 못헌가?"

성수가 끼어든다.

"그렇다는 말이네."

서천댁이 말꼬리를 내렸다.

"먼 말을 헌당가, 우리 술이나 마시세 술맛 떨어지네."

성호가 불쾌한 표정을 했다.

"친구가 축하혀 줘야지. 자네는 아직 떠난 자네 처를 잊지 못허잖여. 친구 사이에 질투는."

성수가 둘 사이의 한기를 느끼고 말했다.

"그려. 이 사람아, 여자를 가지고, 모든 걸 여자가 결정헌다 니께. 날 봐."

홍구가 참다못해 그 말을 해놓고 친구들을 바라본다.

"그려. 축하허네 성만이."

친구들의 말을 듣고 성호가 포기했다는 듯 말했다.

"그년은 복도 많아……"

서천댁이 혼잣말을 했다.

"자, 술 한잔허세."

빈 잔에 술을 채워 성호가 먼저 잔을 든다.

성호의 말에 친구들이 모두 잔을 들었다.

"친구의 새 출발을 축하하며 건배."

친구들이 웃음기 가득한 얼굴로 술을 마신다.

"고맙네. 이렇게 된 마당에 다시 잔을 들게."

성만이 다시 빈 술잔에 술을 따른다.

"친구들 만수무강을 위하여."

성만이 선창하자 모두 건배를 외친다.

술 취한 친구들이 모두 집으로 떠났고 홍구가 홀로 남아 계산하고 집으로 떠났다

다음날 홍구는 후배들이 주고 간 돈을 그때서야 세어 보았다. 판돈보다 더 많은 돈을 놓고 간 후배들을 하나하나 떠올려 보았다. 그중 대장인 후배의 말을 떠올려본다.

"선배님 존경합니다. 여그 조금 더 넣었습니다."

술에 취한 목소리였다.

"내가 이렇게 되었네. 늘 조심허고."

그때 봉투를 받아들고 세어 보지도 않았다.

아침 일찍 가게로 나가 돈을 세보니 천만 원이나 되었다.

5

도심이 잠든 시퍼런 새벽. 하늘에서 붉은 기구가 천천히 내려와 검은 앞산에 걸려 있었다.

새벽부터 주차장 턱에 앉아 둥근달을 바라보다 사람의 기운을 느껴 특화시장 쪽을 바라보았다.

하루의 장사를 위해 한 명 한 명 들어가는 상인들이 마치 검은 유령이 거대한 고래의 입속으로 빨려 들어가는 것 같았다.

바로 하루 전의 일들이 마치 먼 기억처럼 떠올랐다 사라진다. 고래뱃속의 하루의 일상. 붉은 둥근달이 산 아래로 모습을 감추자 사위는 다시 칠흑 같은 어둠이 밀려들었다.

대웅전 안에 결가부좌를 틀고 연좌에 앉아있는 모습이 떠올랐다. 부처님 머리 뒤의 후광과 방금까지 산 위에 걸려 있던 붉은 달과 닮았다고 생각을 하며 유령처럼 사람들이 들어간 특화시장 쪽으로 발길을 돌렸다.

칙칙하고 습기가 머물러 있는 특화시장에 들어가 곧장 가게의 수족관 앞에 쭈그리고 앉아 지난번에 넣어 두었던 붉은 참돔의 움직임을 바라보았다.

미동도 하지 않던 참돔이 누군가 왔다는 것을 알았는지 활발하게 움직인다.

시퍼런 망망대해가 그리운지 참돔의 눈이 슬프다고 생각하고 있을 때 일찍부터 출근한 성수가 다가온다.

"일찍 나왔네."

다가와 참돔을 바라본다.

"잠이 와야지……"

홍구가 성수를 바라본다.

"참돔이 새벽에 보니 더 이쁘구먼."

"눈동자를 봐. 이놈들은 왜 이렇게 슬픈 것인지."

"그렇게 보이나?"

"잘 봐."

"이 사람 먼 소리를 그렇게 허는가. 아무렇지도 않고만."

"준비 안허고 뭐허나."

성만이 눈을 비비며 다가와 수족관을 바라보고 있는 홍구와 성수를 바라보며 말한다.

"자네도 일찍 나왔네."

"오늘은 일찍 목포를 갔다 와야혀."

"세상을 훨훨 떠도는 자네가 부럽네."

성수가 성만을 바라본다.

"나는 여그서 사람들 구경허며 돈을 버는 자네가 부럽고."

"사람들은 다 남이 허는 것을 부러워 허는 것이여."

홍구는 두 사람을 번갈아 바라보며 말했다.

"오늘 장사 잘허게 위층 갔다 오겠네."

성큼성큼 2층에 있는 어은집 쪽으로 걸어갔다.

늘 일찍 나와 어은집의 문을 열고 청소까지 말끔히 해주고 일을 하러 나갔다.

친구들은 아직 결혼도 안 한 성만이 너무 공을 들인다고 입을 모았다.

위층으로 올라가자 홍구 가게와 정반대편에 있는 자기 가게 앞으로 가 수족관 안에 있는 참돔을 홍구와 같이 바라보았다.

"이놈들은 늘 이렇다니까? 홍구 가게에 있는 놈들은 주인과 눈싸움을 하며 교감허는디⋯⋯"

혼잣말하며 주문을 하듯 오늘은 잘되었으면 여한이 없다. 라고 생각하며 주변을 청소한다.

늘 새벽마다 청소하며 이 청소가 자기를 위해 하는 일이 아니라 손님들을 위해 하는 일이라 생각하며 더욱 깨끗이 청소했다.

홍구는 그때까지 수족관 앞에 쭈그리고 앉아 생각에 잠겨 있었다.

사람들이 활어를 구입하고 활어를 꺼내 칼등으로 머리를 쳐 기절시키는 모습을 본 후 상차림 식당을 알아보았다.

친구들은 어은집을 지정해 주었지만, 간헐적으로 웅천집도 지정해 주었다. 어은집은 성만과 결혼을 발표하고부터 늘 손님들로 넘쳐났다.

힘들게 2층으로 올라가는 모습을 멀리서 바라보던 홍구는 혀를 찼다.

웅천댁은 무릎이 좋지 않아 곧 수술한다는 말을 가게를 지나며 버릇처럼 말했지만, 오늘은 결심했다는 듯했다.

"나 서울 가서 수술허네."

뚱뚱한 체격을 버거워하며 절룩이며 자기 가게 쪽으로 걸어갔다.

수족관 앞에 쭈그리고 앉아 생각했다.

사람들이 물고기를 잡고 그 고기로 배를 채우고 떠들다가 돌아가는 모습을 그려보며 이런 생활이 인생의 전부인가를 생각하였다.

성만과 함께 천불천탑이 있었다는 운주사로 떠났던 일을 떠올렸다.

칠성바위와 와불까지 살펴보았다. 마치 궁궐 기와 위에 있는 잡상처럼 주변에 수없이 서 있는 작은 불상을 보았다.

"부처님을 왜 이렇게 허수아비처럼 만들었을까?"

흥구가 혼잣말로 하였다.

"이 사람아, 불심 모르는가? 불보살들의 불심."

그 말을 하는 성만의 얼굴을 바라보았다.

"자네만 알고 있다 생각허나."

지장전에 들어가 지장보살 앞에서 무릎을 끓었다. 육환장을 들고 있는 지장보살을 올려다보니 저절로 눈물이 나왔다.

녹색 머리에 그윽한 미소 그 자리에 엎드려 지난날의 부끄러움 때문에 얼굴을 들지 못했다.

성만은 문밖에서 그림자 같은 흥구의 모습을 바라보기만 했다.

지켜보고 있다는 것을 아는지 모르는지 어깨가 들썩거렸다. 스님이 지나다 그 모습을 보고 옆으로 가 앉았다.

"시주께서 무슨 원한이 깊기에."

조용히 지켜보고 있던 스님이 말했다.

나뭇잎이 바람에 스치는 소리처럼 서걱거린다 생각하고 앞을 바라보았다.

"여기입니다."

스님이 옆에 있었다.

일어나 무릎을 꿇고 앉았다.

"스님 저는 어떻게 살아야 합니까?"

간절하게 스님을 바라보았다.

"제가 세상의 이치를 어떻게 알겠어요."

자기도 모른다고 하며 홍구의 모습을 살펴보았다.

"출가하고 싶습니다."

대뜸 그 말을 했다.

"왜 그런 생각을 하십니까? 출가하는 것을 그리 쉽게 생각하는 것이 아닙니다. 연민 때문에 결정하는 것이 아닙니까."

"저는 혼자입니다. 부모님도 돌아가셨고요. 그리고 스님이 돼야 한다는 생각을 수없이 했습니다."

스님 앞에서 간절히 원한다고 하였다.

"집으로 돌아가셔서 지장본원경을 한번 사경 해보세요. 그리하면 부처님의 뜻이 어디에 있는지 깨닫게 될 것입니다. 부처님의 가피가 있다 생각이 들면 다시 오세요."

"지장본원경이 무엇인지 모릅니다."

"저를 따라오세요."

일어나 밖으로 나갔다.

스님의 뒤를 따라갔다.

성만은 장시간 그 모습을 지켜보기만 했다.

"같이 오셨습니까?"

스님이 성만을 바라보았다.

"네."

성만은 홍구가 절에 남는다면 그 후를 생각하며 뒤따라갔다.

승방에서 스님 앞에 앉았다.

스님 앞 테이블 위에는 다기들이 질서 있게 놓여 있었다. 여러 번 차를 내렸는지 찻잔에 찻물이 누렇게 배어 있었다.

스님은 능숙하게 차를 내려주며 말했다.

"출가하는 일이 쉬운 일이 아닙니다. 이걸 한번 사경해보면서 깊이 생각하시지요. 해보시고 발심이 생겨나면 이곳으로 오세요."

승복의 소매가 가볍게 펄럭였지만 말은 천근처럼 무거웠다.

여러 번 보았는지 책 표지가 강아지 귀와 같았다.

성만은 두 사람의 이야기만 듣고 있었다.

"출가로 끝나는 것이 아닙니다. 부처님의 가피가 있다면 주변을 정리하고, 은사 스님을 정해 행자로 6개월이 지나면 시험을 봅니다. 그걸 통과하면 사미계를 받게 되고 4년간 더 공부해야 스님이 됩니다."

험난한 스님의 생활을 장황하게 말했다.

묵묵하게 스님의 말을 들었다.

성만은 마음을 돌리라고 말하고 싶었으나 스님의 위엄 때문에 말하지 못했다.

돌아와 한동안 지장본원경을 필사하다 그만두었다. 마음에서 아직 때가 되지 않았는지 정리가 되지 않았다.

그때 만약 스님이 되었으면 하고 생각하다 자리에서 일어났다.

수족관 안에서 밖의 사정을 살피던 참돔도 흥구가 자리에서 일어나자 움직이는 것을 멈췄다.

"저런 미물도 사람을 알아본다니까?"

혼잣말하며 참돔과 바닥에 납작 엎드려 있는 광어를 바라보았다. 광어는 눈을 치켜뜨며 참돔을 노려보는 것 같았다.

"저놈들이 작은 공간에서도 세력 싸움을 하는군."

지난날을 생각하며 그 말을 하였다.

군산 지역에는 조직들이 어두운 공간을 서로 차지하고 있었다. 조직들이 부딪치면 사람이 죽어 나가고 곧 경찰이 진압하였다. 늘 부딪치는 조직들은 결국 경찰의 개입이 시작되면 폭풍의 눈에 들어간 것처럼 잠잠해졌다.

동료가 죽으면 원한을 풀고 가라고 무당을 시켜 해원굿을 하였다. 굿을 하는 이유는 죽은 사람을 위한 것이 아니었다.

산 사람이 조금이라도 마음에 짐을 덜어 보라는 의미가 컸다. 장사를 지내주고 복수를 위해 준비를 하였다.

폭풍전야와 같은 생활을 하며 밤잠도 제대로 못 이루고 복수를 위해 긴장된 상태를 유지하였다.

시간이 지나면 다시 표면적으로 평온한 상태가 되고 그것을 기다리기라도 하듯 다시 싸움이 시작되었다.

그런 생활이 지속되고 있을 때 성만의 도움으로 그 일을 그만두었지만 이미 몸 전체가 깊이 일에 젖어 있었다. 그때는 좋았고 남자들 세계에서는 꼭 있는 일이라고 자기합리화를 하며 살았다.

조직을 나와 성만과 어울리면서 그것이 편향적 자기합리화였다는 것을 알았다. 사람들은 폭력배라는 단어를 주로 사용하였다. 하지만 조직 내에서는 협객이나 건달이라는 단어로 미화하여 사용하였다.

나중에 자기가 어디에 있는지 알았을 때는 이미 옷에 물이 들어 피부까지 침투해 있음을 알았다.

문신처럼 새겨져 있는 온몸을 씻어 보려고 출가를 생각해 보았지만 그런 마음으로 출가하는 것이 아님을 지장본원경을 사경하면서 알았다.

성만은 처음 다녔던 직장을 생각해 보았다.

어머니가 임종 때 유언 아닌 유언으로 했던 아버지의 이야기를 떠올리며 광주에서 멀지 않은 벌교로 종종 세일즈를 떠났다.

책을 팔려면 공격대상이 아이가 있는 젊은 사람들인데 그와는 정반대인 연로한 노인들이 있는 곳을 찾아다니며, 책을 소개한다는 명분으로 아버지 박근택을 알고 있는 사람이 있는지 찾아다녔다. 그러나 아버지를 알고 있는 사람은 없었다.

돌아가신 어머니는 왜 홀로 살고 있었을까? 하는 의문이 꼬리에 꼬리를 물었었으나 마땅한 것이 떠오르지 않았다.

큰 싸움이 있었던 것은 아닐까? 아니면 아버지의 불륜 그런 것인가를 생각해 보았으나 어머니의 성정상 그런 일은 없었을 거라 단언했다.

성장하면서 아버지에 대하여 여쭈어보면 심한 꾸중으로 돌아왔다.

"다시는 아버지에 대하여 알려 하지 말아라."

이 말이 전부였다.

6

목포로 차를 몰았다.

항상 운전대를 잡으면 정신이 명료해진다. 어은댁의 딸인
숙자의 모습이 차 앞 유리에 보였다.

숙자와 처음 만났던 그때를 생각해 본다.

"아버지가 되실 분이다. 인사혀."

엄숙하게 말하자 숙자가 고개를 숙여 인사했다.

"숙자입니다."

밝게 웃었다.

"숙자야. 좋은 아빠가 되어줄게."

성만이 더 쑥스러웠다.

"감사합니다."

숙자는 어은댁의 언질이 있었는지 서먹하지 않았다.

막 목포로 진입하자 광호한테 전화가 왔다.

"지금 어딘가?"

"목포로 들어왔어."

"북항으로 와."

성만은 낚시 갔다 온 광호를 만났다.

"선주가 곧 올 거여. 참돔허고 감생이와 붉바리 몇 마리 잡아 놓았으니 가져가."

"우럭은 없는가?"

"우럭이 고긴가? 낚시허는 놈들은 우럭은 고기 취급을 안 혀. 수족관에 넣지도 않네. 죽은 놈 몇 마리 있고 얼음 캐리어에 있네."

"그런가?"

낚시로 잡아 올린 물고기를 좋아했다.

자연산인 만큼 값도 꽤 나가고 수족관에서 꺼낼 때 힘 있게 움직여 회 먹는 사람들의 식감을 자극했다.

참돔과 감성돔은 남해에서 가두리 양식을 하는 어종이라 쉽게 구할 수 있지만, 자연산은 낚시꾼이나 주낙을 하는 어부들을 잘 아는 사람들만 구할 수 있고 횟집하는 사람들은 자연산을 탐냈다.

간혹 유자망 그물에 잡힌 고기들이 활어로 나오지만, 그물에서 빠져나오려고 하다가 비늘이 떨어져 보기에도 흉해 상품성이 없다.

"다 줘."

사무장이 다가오자 광호가 말했다.

성만은 광호 옆에서 사무장을 바라보고 있었다.

"경비는 주어야 허네."

사무장이 성만의 눈치를 보며 말했다.

"여근 내 친구여."

광호가 광어 눈으로 사무장에게 말했다.

"그래요?"

눈치를 보며 말꼬리를 감췄다.

"선장은 어디 있나?"

"배에서 사람들을 기다리고 있어요."

성만과 광호는 정박해 있는 배로 갔다.

다가오는 것을 본 선장은 배로 올라가 뜰채로 고기를 가려내 그릇에 담았다.

그릇에 바가지 모양의 물고기가 담겨 빠져나오려고 힘차게 퍼덕거렸다.

"빨리 담아요."

무겁다는 듯 힘겹게 성만에게 넘겼다.

퍼덕거리는 물고기를 받아 수족관에 넣었다.

"힘 좋은 놈들이네."

광호를 바라보았다.

"저놈들 낚을 때 힘을 얼마나 썼는지 아는가?"

성만은 광호에게 고맙다고 말하고 자리를 비켰다.

선장과 이야기를 나누고 다가왔다.

낚싯배에는 활어로 가져갈 사람들을 위하여 수족관을 운영하고 있었다. 낚시꾼 일부는 낚았을 때의 기분만 만끽하고 사무장에게 팔았다.

수족관에 있는 고기들은 대부분 자연산을 찾는 횟집으로 팔려나갔다.

광호는 낚은 고기를 팔지 않았다.

일종에 이기적인 신념 같은 거였다.

사업도 잘하고 있었고 돈도 많이 벌었다.

하지만 신경 쓰지 않았던 아들이 고등학교에 들어가자마자 사고를 치기 시작하였다.

그 나이에 술도 마시고 담배도 피웠다. 친구들과 어울려 싸움질도 하고 경찰서에 끌려가 조사도 받았다.

그렇게 될 때까지 아무것도 모르고 일에 중독이 되어 살았다.

상황을 알았을 때는 이미 늦었다.

술독에 깊이 빠져 중독에 이르렀고 온갖 일을 저질러 경찰서를 제집 드나들듯 하였다.

아비로서 자존심에 상처를 입은 것이 한두 번이 아니었다. 재혼한 아내에게도 얼굴을 들 수가 없었다. 그걸 잊기에는 낚시가 최고였다.

처음 낚시를 했을 때 집안의 시끄러운 일 때문에 물고기가 걸려도 제때 잡아채지 못하여 빠져나가기 일쑤였지만 차츰 낚시에 익숙해지다 보니 집중할 수 있었다.

"인자 낚시기술이 나아졌네."

선장이 광호를 지켜보며 한 말이다.

"그땐 잡지 않은 것이지."

몸부림치는 묵직한 손맛이 모든 것을 잊게 하였다.

그때부터 틈만 나면 낚싯배를 탔다.

광호와 헤어지고 가두리 양식장에서 참돔과 우럭 몇 마리를 더 사 서천으로 왔다.

도착하여 홍구와 성수 그리고 성호에게 고르게 물고기를 나누어 주고 우럭은 다른 곳에 넘겼다.

2층에서 어은댁이 그 모습을 흡족하게 내려다보고 있었다.

물고기를 다 공급하고 2층으로 올라갔다.

"별일 없는가?"

반갑게 맞이한다.

"운전 조심혀."

지긋이 바라본다.

"여그가 걱정이지. 나야 늘 허던 일 이닌가벼?"

"손님은 있었어?"

"아직."

자기를 진심으로 걱정해 주는 사람이 있어 좋았다.

혼자라 야생마처럼 이리 뛰고 저리 뛰기만 하였지, 누군가
가 진심으로 걱정해 주는 사람은 없었다.

"숙자는?"

"학교."

"나 내려가네."

어은댁을 보고 내려왔다.

"사람 일이란 한 치 앞도 몰라."

성만이 다가오자 홍구가 말했다.

"2층에서 안봤는가?"

"뭘?"

"웅천집 말이네."

"무릎을 수술헌다 안혔나."

"무릎 수술허러 갔는디 암도 있었댜."

"암?"

"그려. 그것도 치료가 힘드는 췌장 쪽이라나. 웅천집도 빠
르게 처분한다고 내놓았고."

"살라고 그렇게 노력혔는디."

성만이 2층 쪽을 바라보았다.

"그렇게. 그렇게 죽어라 뛰어다니지 말고 어은댁허고 추억 거리나 만들어가면서 사소."

"자네는 어떻게 살고 있는가? 늦장가 들었으면 둘이서 여행도 가고 즐기면서 살아야지."

"이걸 시작허고 아무것도 헐 수가 없네. 자네도 알잖나. 남들이 휴일이라고 가까운 공원이라도 가고 허는디 우린 휴일은 더욱 바쁘잖나."

"그렇기는 혀."

"성수랑 성호는 어떤가?"

"성수는 곧 그 두 놈들을 팔게 되었다고 얼굴에 화색이 도네. 성호는 늘 바쁘고. 자네가 어은댁과 결혼을 발표허기 전에 어은댁과 둘이서 따로 만난 것을 아는가?"

"그걸 어떻게 알 것인가?"

"성호가 만나서 나는 어떵가? 허고 매달려 보았는디. 어은댁은 정색하며 그런 말이라면 다시는 입 밖에 내지 말라고 혔다네."

"그려. 내가 성호에게 못헐 짓을 혔는갑네."

"이 사람아, 그 말이 왜 그쪽으로 가나. 내가 말혔잖은가? 결혼은 여자가 결정허는 거라고."

"그런가."

"이 사람아, 인자 잘살려고 노력만 혀."

"알았네."

둘이서 대화를 하고 있을 때 이물질 같은 음악 소리가 들려왔다. 성호가 일하며 틀곤 하던 오페라 아리아였다.

사람들이 이질감 있는 소리가 들려 오는 곳으로 눈을 돌렸다. 성만과 홍구도 소리가 들려 오는 곳을 바라보았다.

"큰 물고기 한 마리가 또 가네."

홍구가 소리가 들려오는 쪽을 한동안 멀거니 바라보았다.

멀리서 성호의 모습이 보였다.

자기를 주시하는 눈동자들을 생각하지 않고 오르지 자기 일만 열중하고 있었다. 사람들은 그 앞에 모여 성호의 칼질을 바라보았다.

문득 중국 여행 중에 우연히 보았던 것이 떠올랐다.

노인이 백지 위에 글씨를 쓰는 것을 사람들이 동그랗게 모여 바라보았다.

투박한 종발에 술을 따라 한 잔을 들이켜고 화선지 위에 일필휘지로 글을 썼다. 글씨를 한 장 쓰고 옆에서 기다리던 사람에게 건네면 그냥 가는 사람도 있었지만 대부분 돈을 놓고 갔다.

주변을 둘러본 노인은 옷에 땟국에 절어있고 머리가 헝클어져 있는 소년과 소녀에게 그 돈을 주었다.

"맛있는 거 사 먹어."

단지 그 한마디였다. 공부를 잘하라 라던지 애비가 누구냐라는 상투적인 말은 없었다.

그때 신기에 가깝게 글을 쓰는 모습을 바라보며 어린아이의 순수한 기운으로 글씨를 쓰고 있다고 생각했다.

주변에 사람들은 많았으나 글씨를 쓰는 동안 누구 하나 소리를 내지 않았다.

길거리였지만 발짝 소리도 없었다. 사람들은 많으나 정적과 공허 그 상태였다. 들리는 것이라곤 붓이 하얀 종이 위를 스치는 사각사각하는 소리뿐이었다.

그 노인을 보며 대작가는 저런 모습일 거라 생각했다.

"성호도 그런 것인가?"

조그맣게 성호가 듣고 있는 노랫소리를 들으며 생각을 하였다.

자기가 하는 일이 예술적이라고 당당하게 말하는 성호가 부럽기도 했다.

일하면서 죽어가는 물고기들의 슬픈 눈망울을 생각하고 있으니 걱정이었다.

성만도 나름대로 자기의 일을 하며 내일을 생각하고 있고 성수도 자기가 하는 일을 숙명이라 받아들이고 장사를 하였다. 성호는 이 분야에서 자기가 최고라고 자부하고 있었다.

혼자만 일에 만족하지 않고 어느 산사 대웅전에 앉아 선을 하는 모습만 떠올리고 있으니 문제였다.

성호가 듣고 있는 가늘고 높은 음이 천장을 울리고 내려와 사람들의 귀에 박히는 것 같았다.

공간에 쌓여있는 물고기들의 눈동자는 그 곡조에 맞추어 눈을 움직였다. 길고 높은 곡조에는 눈동자가 부르르 떨었다.

"그래. 저 음악이 성호에게는 최상으로 이끌러 내는 어떤 힘이 들어있는지 모를 일이지. 중국에서 보았던 그 깡마르고 늙어 터진 모습의 노인은 어린아이들의 순수한 기운으로 글씨를 쓰고 있었지. 늘 술을 한 모금 마시고 주변의 어린아이를 보았잖아. 그다음 눈을 한번 지그시 감고 있다가 눈을 뜨고 바로 일필휘지처럼 내갈겼잖아. 그 행동이 이상하지도 않았어. 그냥 글씨가 화선지에 박혔고, 그래 그런 거였어. 예술적이라는 것을 먼 곳에서 찾을 필요는 없는 것이지 그냥 삶속에서 찾아야 하는 거여. 자기가 지금 처해 있는 것에 최선을 다하는 것 그것이 경지에 이르면 예술적이 되는 것이야. 예술가가 별건가?"

노인은 윗옷을 벗어 던지고 쭈그리고 앉아 글씨를 썼다. 마치 티베트에서 식음을 전폐하고 참선을 하던 스님처럼. 노인은 왜소하고 초라한 몸매였지만 생산되는 글씨는 힘이 있었다.

　용 자를 쓰면 용이 꿈틀거리고 호 자를 쓰면 호랑이가 발톱을 드러냈다. 그 생각을 하며 예술가가 별건가? 라고 생각했던 것이 부끄러웠다.

　수족관을 멀거니 바라보고 있을 때 젊은 신사와 그의 부인으로 보이는 사람이 눈앞에서 말을 걸었다.

　"저 참돔은 얼마요?"

　"저건 자연산 참돔입니다. 양식이 아니라 좀 가격이 나갑니다. 이건 양식으로 들어온 것입니다."

　"저 자연산은 얼맙니까?"

　"3킬로는 족히 나가는 놈입니다. 다섯 분이 드셔도 되는 것이고요."

　"남으면 가져가면 되죠?"

　"그럼요. 십만 원만 주십시오."

　십만 원을 받고 팔았다.

　손님은 자연산 돔을 잘 아는지 연신 고맙다고 하였다. 회를 떠달라고 하여 성호를 소개해 주었다.

　마침 성호가 듣고 있던 노래가 멈춘 상태였다.

　참돔을 꺼내 머리를 칼등으로 내려쳐 기절을 시키고 성호에게 가져갔다. 손님도 거기까지 따라와 회를 뜨는 것을 본 후 소개한 어은집으로 올라갔다.

성호가 듣는 음악이 칙칙한 어둠 속으로 감미롭게 틀어박
혔다. 잠시 음악을 듣다가 반대편에 있는 수족관 쪽으로 걸어
갔다.

7

또 하나의 눈동자가 특화시장의 공간으로 채워지던 날 성수는 마치 모든 것을 다 갖은 사람처럼 씩씩하게 주변을 돌아다녔다.

그 모습을 멀리서 지켜보며 조그맣게 혼잣말을 했다.

"하릴없이 저렇게 씩씩하게 주변을 핥으며 돌아다니나? 씩씩해 보이지만 좀 더 기다려 봐야지 성호가 움직여 줘야 일이 끝난 다니께."

성수는 작은 키였지만 모든 행동이 다부졌다.

죽은 생선의 눈동자가 특화시장의 공간으로 차곡차곡 쌓여 간다는 것을 성수는 알지 못할 거라 생각했다.

특화시장의 사람들이 눈동자가 쌓여간다는 것을 알지 못할 것이지만 홍구는 차곡차곡 채워진 눈동자를 볼 수 있었다.

다시 수족관 앞에 쭈그리고 앉아 지난번에 들여놓았던 참돔의 눈동자를 바라보고 있었다.

참돔은 주인이 바라보고 있다는 것을 아는지 더욱 힘차게 움직였다.

지난번에 죽었던 야구공만 한 다금바리의 눈동자가 수족관 바로 위 공간에 튀어나와 있었다. 마치 살아있는 것처럼.

"다금바리는 눈동자가 왜 이런가?"

잡아 온 광호에게 말했다.

"물고기 파는 놈들이 그것도 모르는가? 심해 어종들은 물의 압력 속에서 살고 있어 그것이 정상적이야. 뭍으로 올라오면 압력이 낮아 눈이 튀어나와. 이놈들은 힘들겠지, 그렇게 빨리 팔아야 되고."

광호는 그때 자기가 건져 올린 다금바리의 눈동자를 동정의 눈빛으로 뚫어지게 바라보았다.

"뭘 그렇게 바라보는가?"

"저걸 끌어올렸을 때의 그 환희 기쁨 뿌듯함. 자네는 그런 느낌을 모를 것이네. 지금은 그 느낌에 중독되어 매일 낚시 생각만 하고. 잡았던 물고기가 저렇게 수족관에 있으면 불쌍허네."

"그런가."

"중독이 무엇이겠나. 사람의 몸에 무수히 많은 감정과 연민이 쌓여가는 것이지. 자네도 물고기들에 중독이 된 것이고 나는 낚시에 중독된 거여."

"중독이 그런 건가?"

광호의 생각도 일리가 있다 생각했다.

다금바리의 눈동자를 바라보았다.

중독이라 표현한 광호의 생각도 옳은 것이고 살생을 방조하는 것도 중독이 숙성되어 가는 과정이라 생각했다.

"무슨 생각이 그렇게 깊어."

성수가 다가왔다.

"참돔을 보고 있네. 자연산인 이놈들을 찾는 사람이 곧 있을 것인데 말이야."

다금바리를 팔고 나자 다시 참돔이 걱정이었다.

"지난번 한 마리는 처분했잖은가?"

성수는 지난번 신사에게 판 것을 기억하고 있었다.

"이놈까지 팔아야지. 이놈들이 배를 물 위로 내밀면 똥값이랑게."

아직은 힘있게 움직이는 참돔을 바라보았다.

"이 사람아, 자네만 장사허나?"

성수는 자기의 수족관 안에 있는 아직 처분하지 못한 참돔을 생각하며 말했다.

"자네도 오늘 바쁘덩만."

홍구 눈치를 보아가며 말했다.

"오늘 민어 두 마리를 처분헌다면서?"

"성호가 처분혀 줘야 허는디."

"용케 지금까지 살아줬어잉."

"말도 말게 저놈들이 죽을까 봐 얼마나 노심초사혔는디."

"우리가 이렇게 물고기들의 삶에 전문가처럼 공을 들이는데 사람들은 그냥 놓아두면 살아 있을 줄 알어."

"아는 사람들만 이해허는 거여."

"사람이 죽으면 그냥 끝이 아니듯. 물고기들은 어디로 갈까? 그 물고기들은 미물이니까 영혼 같은 것은 없을 것 같고. 아니지 미물들도 불성이 있다 안혔는가?"

"이 사람은 늘 사차원이랑께."

"저그 성호가 자네 가게 앞을 서성거리네."

반대편 서해수산 앞에서 서성거리고 있는 성호를 바라보았다.

"왔네."

"지금 그 두 마리를 처분허는가?"

"그려, 구경혀."

앞서가는 성수 뒤를 졸졸 따라가며 생각했다.

또 다른 색다른 눈동자가 저 공간에 쌓일 것이고 그걸 모르는 친구는 마냥 들떠있는 것이고.

"이놈들인가?"

성호가 민어 두 마리를 바라보며 말했다.

"그려."

"이리 꺼내 봐."

가지고 온 칼로 도마를 두드리며 말했다.

성수는 성호의 말이 떨어지자 성격에 맞게 뜰채로 민어 두 마리를 한꺼번에 잡아 무겁게 꺼내 놓았다.

"이 사람아, 한 마리씩 꺼내."

도마 위에 있는 민어를 바라보며 말했다.

"어차피 잡아야 할 놈들인디."

호주머니에서 핸드폰을 꺼내 오페라 아리아를 켰다.

민어는 이미 힘을 잃었는지 움직이지 않았다.

"이놈들은 항상 이래."

성호는 그 말을 하고 비늘을 벗겨내려고 쇠갈퀴를 잡았다.

"항상?"

"죽은 듯 가만히 있잖아 처분을 기다리는 것처럼."

"이 사람아, 겨우 숨만 붙어 있었당께."

"몸살을 혔구먼."

그렇게 말하며 머리부터 잡고 비늘을 긁었다. 우박이 떨어지듯 우수수 도마 위에 비늘이 쌓여갔다.

자기의 방패 같은 것이 떨어져 나가도 미어는 꼬리를 한차례 들었다 내릴 뿐 죽은 물고기 같았다.

"이놈이 저 죽을 줄 모르고."

성호가 칼등으로 머리를 톡톡 치자 힘이 없는지 꼬리를 한번 들었다 내렸다.

오늘은 다른 날과는 다르게 레퀴엠이라는 음악이 축축하게 습기에 절은 공간 속으로 박혀 들어갔다.

음악 때문인지 물고기의 분해가 시작되었음을 알았는지 서해수산 주변으로 사람들이 하나둘 모여들었다.

홍구는 음악 때문에 사람들이 모여들면 그 속에서 구매가 더 일어날 수도 있다는 막연한 생각을 하며 혹시 성호가 그런 이유로 음악을 켜는지 궁금하였다.

"음악을 왜?"

일에 열중인 성호에게 말했다.

성호는 대답하지 않고 자기가 생각하는 대로 칼을 움직였다.

이윽고 배를 가르자 이상하게도 큰 부레가 허옇게 드러났다. 조심스럽게 다른 장기들과 분리하고 부레를 꺼냈다.

부레의 색이 마치 이조백자 같이 푸른빛이 감도는 백색이었다.

"그려, 귀헌 것은 색깔도 달라."

"이건 민어 부레여. 민어는 부레를 먹는 즐거움이 있어."

그 말을 던져놓고 흐르는 물에 씻었다.

칼이 움직여 한 점씩 먹기 좋게 잘라 자그맣고 하얀 종발에 담았다.

"부레의 양이 생각보다 많네."

지켜보던 성수가 종발에 담긴 부레 한 조각을 들며 말했다.

"이 사람아, 이 물고기 주인이 민어를 안다면 부레부터 찾을 건디."

"부레가 먼 대수라고. 고기가 이렇게 큰디."

"민어는 부레라는 말이 있네."

그 말이 떨어지자 들고 있던 부레 조각을 슬그머니 내려놓았다.

하얀 종발 안에는 하얀 부레 조각이 푸른빛을 내며 담겨있었다.

성수는 종발 안에 있는 부레 조각을 보며 침을 삼켰다.

"아직은 자네 것인데."

홍구가 침을 삼키는 소리를 듣고 먹고 싶으면 먹어보라는 듯 말했다.

"레퀴엠?"

주변에 있던 젊은 여자가 음악을 아는지 말했다.

성호가 말을 한 젊은 여자를 바라보았다.

눈이 마주친 여자는 다른 곳으로 눈동자를 돌렸다.

"음악을 아는 사람이 있군."

한차례 혼잣말을 하고 다시 칼을 움직였다.

민어의 머리가 분해되고 뼈를 발라 하얀 두 조각의 살이 도마 위에 있었다.

두 조각의 살점을 한참 내려다보다 직접 가지고 온 헝겊에 싸 습기를 뺏다. 흰 천 위에 있는 민어의 살점이 렘브란트가 즐겨 그린 푸줏간의 풍경 같았다. 도마 위의 물기를 제거하고 다시 살점을 도마 위에 올려놓았다.

"민어의 살은 하얗고 붉은 살이 이렇게 세로로 박혀 있어. 민어를 다룰 때는 칼에 힘을 주면 안된당께, 살이 부드러우니께. 등살과 뱃살 대뱃살."

그 말을 하며 부위별로 올려놓았다. 다른 횟감과는 다르게 숭덩숭덩 살점을 썰었다.

"저렇게 크게 쓴담."

성수가 그 모습을 보며 성호가 들릴 듯 말 듯 조그맣게 말했다.

칼질을 잠시 멈추고 성수를 바라보고는 말을 했다.

"민어는 살이 부드러워 입에 들어가면 마치 살점이 녹는 것과 같당께. 그래서 식감이 생기도록 이렇게 크게 쓸어야 되는 것이어."

서천

사람들을 향해 그렇게 말했지만, 성수도 새겨들으라는 투였다.

큰 민어가 순식간에 여러 부위별로 잘게 썰어져 접시에 담겼다.

찌갯거리는 투박한 검은색 그릇에 담았다. 그 속에는 머리가 있었고 발라낸 뼈도 있었다.

내장은 따로 종발에 담아 소중하게 다루었다.

"이건 삶을 때 끓는 물에 살짝 익혀서 접시에 올려놓아야 헌덩께."

벗겨낸 껍질을 다른 접시에 담으며 말했다.

"이건 어디로 가져가는가?"

"어은집."

사람들 틈에 있던 성만이 말했다.

"그런가? 이걸 숙성시키라 말허게."

성수와 홍구가 접시를 들고 성만은 찌갯거리를 들고 2층 계단으로 올라갔다.

지켜보고 있던 사람들이 하나둘 떠나가고 서해수산에는 한 사람도 남아있지 않았다.

방금까지 서해수산의 수족관에서 자태를 뽐내던 민어 두 마리가 비워지자 텅 비어있는 것 같았다.

8

　오랜만에 친구들이 서천집에 모여 앉아 술을 마시고 있었다.

　"자네 소원이 뭔가?"

　성호가 광호에게 말했다.

　"갑자기 먼 소리여."

　성만이 끼어들었다.

　"돗돔이나 한번 낚아 보았으면 허네. 지금껏 고기란 고기는 모두 낚아봤는데 그놈만 얼굴도 못 봤다니께."

　광호가 간절한 표정을 하였다.

　"물고기 종자들이 왜 그렇게 많은지 모르것어."

　성수였다.

"사람들은 황인종 백인종 흑인종 이렇게 세 종류잖여."

성호가 성수를 바라보았다.

"사람이라면 세 종류만 잡으면 다 잡는 건디 물고기는 종류가 너무 많어. 돗돔은 냄새도 다르거든 바다 냄새가 아녀, 꼭 육고기 냄새여. 그놈들은 심해에서 사는 놈들이여. 시커멓거든 자네들은 깊은 물속의 색이 어떤 건지 모르것지. 검은색이네. 검은색. 빛이 기어들지 못헐 만큼 깊거든. 시커먼 색깔 속에 시커먼 괴불이 온갖 생물을 다 삼켜버려. 움직이는 놈들은 다 삼켜버린 다니께. 그려서 그런지 주둥이가 사람 머리도 들어간다니까."

"그놈을 보았는가?"

성수가 끼어들었다.

"보긴 혔지. 내가 못 잡어서 그렇지."

"그놈들은 몇 미터에 사나."

성만이 탐욕의 눈을 번득였다.

"칠팔백 미터에서 사네."

"그렇게 깊은 곳에서?"

흥구는 친구들이 경청하고 있는 광호의 시커멓다는 말속에 깊고 깊은 것은 검은색이라 생각하였다.

일주문을 지나면 천왕문 해탈문 불이문 여기까지가 색계라고 했던가? 다음이 대웅전 거기부터가 깊은 암흑이지.

광호가 말하는 암흑이 가보기 힘든 곳이라 말했지만, 홍구
는 그렇게 해석했다.

"세상의 구멍같이 깊은 곳에 사는 놈이어. 심해의 돌구멍에
서 살고 있지."

"세상의 구멍?"

성호가 광호의 설명을 세심하게 듣고 생각했다.

"이 사람은 구멍이라고 말허니 다른 구멍을 생각허구 있구
먼."

"생각혀바. 칠흑 같은 어둠 속에서 덩치 큰 놈이 몸을 숨길
방법을 말여. 그려서 돗돔도 깊은 바다색으로 자기를 보호하
려는 것이여. 그놈들 큰 놈은 백삼십 키로 꺼정 나가는 놈도
있다네. 적은 놈도 오육십 킬로여. 커서 살려서는 가져올 수
없는 거여. 수족관에 넣으면 다른 놈들을 다 잡아먹거든."

"그려? 우리가 팔라면 죽은 놈을 파는 것이네. 그럼 가격도
없을 것이고. 가져오는 동안 상할 수도 있는 거고."

성수는 깊은 심해에서 어렵게 잡지만 가격은 나가지 않는
어종이라고 단언하였다.

"이 사람아. 돗돔은 고급 어종이네. 서울서도 일 년에 한두
번 잡는 놈이네. 돗돔이 잡혔다고 소문이 나면 서울의 유명횟
집에서 서로 달라고 난리네. 그중 가장 비싸게 말허는 곳으로
팔려나가는 것이고. 지난번 서울 큰 횟집에서 백삼십 킬로를

서천

천만 원에 구매혔다더만."

홍구는 심해에서 온갖 생물을 다 먹어 치우는 유령 같은 놈을 생각하며 거대한 유령이 온갖 생물을 삼키는 공포를 떠올려 보았다. 그것이 마라는 것이고 그 마라는 것을 잡는 사천왕이 있다고 이해하고 있었다.

"안 보이는 놈이 가장 무서운 법이여."

성호가 홍구를 바라보았다.

홍구는 깊은 색을 쉽게 생각하지 않고 사찰의 사천왕문을 생각하고 있었다.

"칠팔백 미터에서 사는 놈들이 어떻게 나오는지 아는가?"

광호가 마치 큰 물고기를 걸었다는 듯 팔뚝에 힘을 주었다.

"그걸 한 번 잡어 봐. 구경이나 한번 혀 보게."

성수가 광호를 바라보았다.

"여그선 구경도 헐 수 없다니께. 그런 놈은 서울 놈들이 다 먹어. 낚싯배 주인 놈들이 잡혔다고 연락헌당께."

"그려서 잡으면 서울 다 팔라고?"

성호가 나선다.

"돗돔을 해부는 해보았는가?"

"자네가 잡으면 나도 한 번 해보는 것이 꿈이네."

"새끼들은 보았는디 줄무늬가 있더만."

성만이 광호를 바라본다.

"작은놈들은 줄무늬가 있고 오십 킬로가 넘으면 색깔이 검은색으로 변허 시커면 유령 같은 놈. 심해로 들어오는 생물을 한입에 덥석 삼키는 놈. 낚싯바늘을 그 심해까지 밀어 넣기도 힘들고 미동도 않는 그놈들을 낚아내려면 그놈들이 사는 돌틈 구멍으로 정확히 밀어 넣어야 된다니께. 또 그놈들은 심해에서 단독생활을 헌다네. 주변으로 들어오는 놈들은 다 잡아먹으니 주변에 아무도 없는 거여. 생각혀봐 사람도 마창가지 잖여. 독불장군으로 사는 놈들 주변에 사람이 있덩가?"

친구들이 떠들썩하게 이야기꽃을 피우고 있을 때 서천댁이 주방에서 무겁게 쟁반을 들고 나왔다.

"아따. 어느새 이렇게 걸게 차려 온 당가?"

성수가 쟁반을 받아 테이블 위에 내려놓았다.

서천댁이 소주와 맥주를 사람 수대로 내려놓았다.

"술은 각 일 병여."

서천댁의 말에 광호가 미소를 보이며 소주 한 병을 들어 흔들다가 뚜껑을 돌려 땄다.

"먼저 처음 잔을 폭탄주로 때리고 다음 잔부턴 알어서들 마시세."

홍구가 사람 수대로 잔을 내려놓고 맥주를 따르고 그 위에 소주를 붓는다.

"자! 건배를 허세."

건배사도 없었다. 하지만 친구들은 알아서 맥주와 소주가 섞인 잔을 한 잔씩 들이켰다.

"결혼생활은 어떤가?"

성만이 홍구를 바라본다.

"그냥 사는 거지. 의미가 있겄는가?"

"나도 그렇게 될 랑가."

"다 그렁거지."

다시 한 잔을 들어 꿀꺽꿀꺽 술을 넘겼다.

"불만이 있는감?"

성만은 홍구의 태도를 살폈다.

"이 사람아, 늦장가 간 사람헌티."

홍구 말을 듣고 있던 성수가 잔을 들으라는 듯 소주잔으로 바꿔 든다.

"별 볼 일 없는 것이여. 심심혀서 살아보는 것이고."

성만이 걱정하는 모습을 본 홍구가 걱정하지 말라는 투로 말했다.

우두망찰 앉아있던 성호가 성만을 바라본다.

"뭐여. 자네는 성만이 어은댁허구 살게 되는 것이 그렇게 고까운가?"

홍구가 아직도 포기하지 않는 성호를 나무랐다.

"그런 것이 아녀."

친구들에게 들켰다는 듯 얼굴을 붉혔다.

"인자 성만을 축하혀줘. 여자가 결정헌 문제 아닌가?"

"왜 여자가 결정허는 건가?"

"생각혀 봐. 어은댁은 혼자가 아니잖여."

"그런가?"

이해한다는 듯 머리를 긁적였다.

"친구들끼리 인자 축하나 혀주게."

"알었네."

"자, 한 잔 쭉 허시게. 그리고 빈 잔을 이리 주고."

성수가 빈 잔을 하나둘 받아 앞에 놓고 술잔을 채웠다.

"이 잔은 우리 친구인 성만을 축하허는 잔이여. 쭉 들게 늦
장가 가는 성만의 사랑을 위하여 건배!"

성수가 건배사를 장황하게 외치고 성호를 살폈다.

"인자 자네도 술을 따라 친구들에게 줘보게."

성수가 우두망찰해 있는 성호를 부추겼다.

"그려, 빈 잔을 이리들 주게."

성호 앞에 술잔을 내려놓았다.

성호는 술잔에 가득 술을 따라 친구들에게 하나하나 나누
어 주었다.

"자! 한잔 들지. 친구 성만의 즐거운 성생활을 위하여!"

성호 말이 떨어지자 여기저기서 친구들이 웃었다. 그 모습

을 다른 테이블에 앉아서 보고 있던 서천댁도 따라 웃었다.

"오늘이 서양 놈들은 할로윈인지 할로원지 허는 날이랴."

서천댁이 술을 더 가져와 테이블 위에 내려놓았다.

"그거 구신 탈을 쓰고 노는 거여."

성수가 잘 아는 듯 우쭐거렸다.

"그려, 희한한 것들이여. 무섭지도 않은 무서운 흉내."

홍구가 혀를 찼다.

"출조 언제 떠나는 감."

"이제 낚을 것은 다 낚아봤고 돗돔만 낚아보지 못혔네. 바다에서는 가장 큰 놈들이고 유령같이 다니는 놈들이여. 저그 대한해협 끝까지 가서 낚는데 칠팔 년 동안 한 마리도 낚지 못허고 다니는 놈도 있어. 장비도 꽤 있어야 되는디 허탕이 전문인 녀석들이랑께."

"그런 놈을 어떻게 낚으려는가?"

"돗돔은 낚시꾼들이 말하는 하늘이 점지해 줘야 낚아올리는 전설의 물고기라네. 아무리 용을 써 봐도 사람의 힘으론 낚지 못한당께."

"그런가?"

성호가 돗돔을 생각하고 있는 광호를 바라본다.

"그놈들이 백 미터 정도로 올라오는 때가 있어. 그때가 산란기라고 하는 것이지. 그 산란기에는 우리나라의 근해에도 잡힐 때가 있거든 삼천포에서 배로 두세 시간 정도 나가면 되는 거여."

광호의 연민에 젖은 눈동자에서 이슬 같은 것이 전등불에 반짝였다.

"한잔혀."

성만이 그 모습을 보며 술잔을 건넨다.

광호는 그 말을 끝으로 술에 취하자 입을 닫아 버렸지만 가끔씩 돗돔을 낚아올리는 꿈을 꾸는지 팔뚝을 움직였다. 그때마다 굵은 팔뚝에 힘줄이 돋았다.

"내가 부산 횟집에 있을 때 돗돔을 해부하는 모습을 어깨너머로 보았당께."

성호가 그때를 생각하는지 한차례 천장을 올려다보았다.

"내장이 축구공이 몇 개나 나왔당께. 간이 한 개. 위장이 한 개. 창자가 한 개. 위장 속에 든 어물들 그중 물메기가 가장 많았고, 갈치도 있었고, 아귀도 한 마리 들어 있었네."

성호는 그 말을 하며 마치 자기가 돗돔을 해체하는 양 두 손에 힘을 주어 움직였다.

"그놈이 부레를 입에 물고 나오는 놈이 있어."

성호가 혼잣말처럼 하며 천장을 올려다보았다.

"부레를?"

성수가 성호를 보았다.

"그려, 갑자기 끌려 나오다 보니 물의 압력을 계산하지 못 헌거지. 압력이 낮으면 물고기들은 부레에 있는 공기를 빼 줘야 허거든."

"그런가? 그렇게 세심하게 관찰혔는가?"

성수는 늘 성호가 생각하는 것이 무엇인지 알고 싶었다.

"자네는 회를 뜨면서 먼 클래식 음악을 듣는가?"

홍구가 양손에 힘을 주면서 이야기하는 성호를 바라보았다.

"자네는 몰라. 예술가들은 통허는 데가 있는 법이여. 렘브란트를 아는가? 그 사람이 그렸던 것들을 보게. 푸줏간에 있는 고기 뭉텅이를 그린 것을 말이여. 꼭 백정들이 허는 일처럼 생각헌다니께. 미술을 아는 놈들은 그 섬세헌 명암의 그림을 알고, 음악을 아는 놈들은 그 세심헌 소리를 아는 것이여. 칼이 뼈 사이 고기를 지나는 소리를 자네는 들었는가? 그 소리를 손으로 느긴다니께 얼마나 잔인한 일인가."

"그 소리를 잊으려고 듣는다 그 말인가?"

"먼 소리여. 아우성치는 소리를 음악과 함께 세심허게 느껴 보랑께."

성호는 취하는지 고개를 흔들며 말했지만 그 말속에 어떤 의미가 담겼는지 아무도 몰랐다.

홍구는 성호의 말을 이해해 보려고 자기만 아는 특화시장 천장의 눈동자들을 생각하며 성호가 생각하는 것이 그런 거라 막연하게 생각했다.

"친구들이 하나같이 이해를 못혀."

성호는 그 말을 하고 테이블 위에 고개를 꺾었다.

"취했나 보네."

성만이 성호를 부축하여 다른 테이블로 옮기고 등을 무릎담요로 덮어주었다.

"돗돔은 언제 잡을 건가?"

성만이 술 취한 친구들이 집중해 보라는 듯 말했다.

"그놈은 용왕님이 점지를 혀줘야 된다니께. 그놈 잡으려고 칠팔 년을 따라다닌 놈도 있어. 허지만 못 잡고 있거든. 지난번 삼천포에서 만났는디 그놈이 말허더라고 할 수 없는 일이라고. 전설의 돗돔을 한 번 잡고 죽으라면 죽겠네, 돗돔을 볼라고 얼마나 사무쳤으면 그런 말을 허것어. 그때 나는 저렇게는 되지 말아야 헌다고 다짐했었네. 돗돔이 내게 얼굴을 디민다면 절대 놓치지 않것고만."

"자네도 이미 그 사람처럼 돼 가는구면."

"그 사람이라니."

"돗돔에 미쳐 있는 사람."

"아직은 아니야, 헌데 또 아는가 그렇게 될지. 한 마리도 못 잡았다는 그 사람은 참 묘했어. 아직 못 잡은 거 말고는 얼굴에 서운함 같은 것이 보이지 않았거든 그때 그 사람의 동료가 말혔지. 자기가 잡은 걸로 사진을 찍었잖냐고, 그 사람은 정말 낚시꾼이야 못 잡은 걸 숙명으로 받아들이고 있었으니. 팀 내에 있는 사람이 잡으면 자기가 잡은 걸로 생각헌다네."

다른 사람을 빌어 자기를 말하고 있는 광호는 이미 마음속 깊이 돗돔을 잡으려는 간절함이 움터 있다는 것을 알았다.

"돗돔은 혼자는 못 잡는 놈들이지. 옆에서 도와줘야 잡을 수 있다고. 그래서 서너 명이 한 조를 이루고 있고."

"같이 댕길 사람은 있고?"

성만이 걱정스런 모습으로 바라보았다.

"부산 사람을 물색해 두었네. 그들도 한 조가 있는디 가끔 한 사람이 빠지면 전부 못 간다는 거여. 그때 한 번 부른다 나."

"생면부지의 사람들을 따라간다고?"

"그렇게라도 혀 봐야지."

"이 사람아, 먼 일 생기면 어쩔라고."

"낚시꾼들은 다 동병상련의 고통이 있는 거여. 한배를 탔다 는 말이 있잖여."

"우리나라 근해에서는 잡히지 않는다며."

"저그 일본 쪽으로 나가 대한해협의 끝점으로 가야 수심이 깊어. 거기에는 바닷속에 바위굴이 있어서 돗돔이 서식하기

딱 좋은 곳이 있다네. 가끔 일본 순시선을 만나기는 허지만 낚시꾼이라는 것을 알고 눈감아 준다는 구면. 일본은 낚시 문화가 오래되었고 그래서 낚시꾼들의 마음을 잘 알고 있다네."

"그래도 조심허게."

"그놈들 산란기에는 암수 두 놈이 다니거든 한 놈을 잡으면 거기서 계속 낚시를 하여 마저 잡아야 되네. 묘헌놈들……"

그 말을 하고 팔뚝의 힘을 과시하듯 팔을 구부려 알통을 보여주었다.

"잡으면 어떻허것는가?"

성호가 듣고 있다가 말했다.

"자네에게 기회를 준다고 혔잖은가?"

"그 큰놈을 여그까지 끌고 와?"

"같이 낚시했던 사람들과 함께 얼음차로 끌고 와야지. 서천 구경도 시켜줄 겸 말이여."

"왜 그 사람들을."

"돗돔을 잡으면 일단은 같이 잡았던 사람과 같이 나누어 먹는 거여 그 사람들이 싫다면 팔던지 허는 것이고. 나는 고기를 팔지 않는다는 거이 철칙이잖여."

"그런가."

성호는 칼질을 시작할 때 보였던 행동인 두 팔을 머리 위로 올리는 행동을 버릇처럼 하였다.

"여그들 봐!"

서천댁이 취해 있는 일행을 보고 소리쳤다.

"먼 말여."

일행이 게슴츠레한 눈으로 서천댁이 보고 있는 tv를 바라보았다.

"서울 이태원서 사람들이 몰살혔다는 구만."

"먼 말여. 거그가 바다여? 하늘여?"

홍구가 믿기지 않는다는 듯 서천댁을 바라보았다.

"저거 가짜뉴스여."

성수가 게슴츠레한 눈으로 tv를 바라보았다.

"저거 엠비씬디."

성호가 눈을 끔벅이며 화면을 자세히 바라본다.

"그럼 진짜라고?"

성수가 이해되지 않는다는 듯 도리질을 한다.

"벌건 길에서 먼일여."

홍구가 티브이 화면에 집중한다.

"이해를 못허것네. 사람들을 한쪽으로 토끼몰이를 혔다는 거여 머여."

성만이 씁쓸한 표정으로 화면을 바라본다.

"저그 봐! 사람들이, 저거 먼 일이랴. 북한에서 폭탄 쏜 거 아녀?"

성수가 화면을 바라보며 눈을 크게 뜬다.

"우리 이러고 있을 때가 아닌가벼. 인자 가세 사람들 눈도 있잖여. 서비스직에 종사허는 놈들이 이런 사고가 터졌는디 술이나 퍼마신다고 허먼 머라허것어."

광호가 비틀거리며 일어섰다.

"가세, 서천댁 우리 가네."

친구들이 서둘러 일어나 밖으로 나갔다.

9

밤하늘에 빛나는 별처럼 인간의 가슴에도 별이 있다. 그것
은 양심이라는 별이다. 라고 칸트라는 사람이 말했지만, 이
시대엔 양심이라는 것이 없는 놈들의 세상이라고 홍구가 열
변을 토했다.

"자기들이 가장 잘난 놈들이라고 자부허는 놈들인디 바뀌
것어. 부추기는 놈들도 있을 것이고."

성만이 냉정하라고 말했다.

홍구는 마음을 무겁게 하는 무엇이 있었다. 그때마다 울컥
하고 눈물이 나왔다. 성만은 광주를 생각하고 있었고 홍구는
이태원을 생각했다.

"자네는 광주를 경험했잖은가?"

성만을 바라보았다.

"광주는 그때 신념이 있었어. 나중에 알았지만, 그것이 양심이라는 것이었고 그 양심 때문에 죽음을 선택했던 거여. 시위에 참여했던 그리고 죽어갔던 사람들은 모두 국가에 충성하고 있다고 생각했고 아이러니하게 국가는 엄청난 폭력으로 대응했던 것이네. 그런디 저건 무엇인가? 사람이 죽었는디 '왜'가 사라졌고 죽은 사람을 위한 예의까지 없어졌다는 거지. 자네는 영정 없는 빈소를 보았는가?"

성만이 자기의 생각을 표현할 길이 없어 장황하게 설명하였다.

"흰머리 길게 늘어트린 우리 나이의 그놈 좀 봐. 많은 사람이 희생되었으니 이제 우리나라에 큰 선물이 기다리고 있다나? 사람을 한 번 더 죽이는 꼴이라니."

홍구가 그 말을 하고 혀를 끌끌 찼다.

"무엇이 중요한 것인지 모르는 놈들."

고개를 숙였다.

"우리 서울 올라가 국화라도 한 송이 올려놓고 오세."

홍구가 눈물 섞인 말을 했다.

"그러세."

둘은 천천히 특화시장 쪽으로 발길을 돌렸다.

특화시장으로 들어가자 반대편에서 성호와 이야기하던 성

수가 바라보고 다가왔다.

"어디들 다녀오는가?"

성수가 반겼다.

"이 사람아. 가게 문은 열어야지."

성호가 책망하듯 말했다.

"이야기가 길어졌네. 먼 일 있었는가?"

홍구가 두 사람을 번갈아 바라보았다.

"이태원 때문에 장사도 안되고."

그렇게 말하며 성호가 주변을 돌아보았다.

"우리도 먼가를 혀야 되는 거 아녀. 서비스업을 허는 사람들인디."

성만이 친구들을 바라보며 의견을 구했다.

"여그다 분향소를 하나 설치허자고 헐까?"

성수가 의견을 냈다.

"그려, 그걸 한 번 추진 혀."

친구들이 모두 찬성했다.

성수는 특화시장상인회 회장인 상준이를 찾아가 의견을 말하자 상인들의 뜻에 따라 결정하겠다고 말했다.

상준이 여러 사람의 의견을 청취하고 서해수산으로 성수를 찾아왔다.

"분향소는 설치 안 하기로 했네."

"왜?"

"상인들의 의견이 분분해서."

"분향소를 설치하여 위로하면 좋은 일 아닌가?"

"사람들 의견은 정부는 이 일을 확대하지 않기를 바라고 있고 또 여기에 분향소를 설치허면 상갓집이 된다는구면. 상갓집에서 먼 장사냐고 반대허네."

"그런가?"

상준이 그 말을 해놓고 연합회 사무실 쪽으로 걸어갔다.

성수는 상준의 뒷모습을 바라보고 상준이 보이지 않을 때까지 서 있었다.

"왜 그리 멍청허게 서 있는가?"

홍구다.

"여그다 분향소는 안된다고 허는 구면."

"그렁가. 그럼 우리가 댕겨와야지."

"서울꺼정?"

얼굴을 빤히 바라보았다.

"서울이 먼 길인가. 차가 가는 것이고."

"대통령도 분향을 않으려고 허는 판인디."

"그려서 나라도 가는 것이지."

그 길로 홍구와 성만은 서울로 분향하러 갔다.

성호가 서해수산을 찾았다.

"왜 안된다는 건가!"

좀처럼 큰소리를 치지 않는 성호가 큰소리로 말했다.

"소리치지 말어."

"왜?"

"우리가 뽑은 회장 아닌가?"

"의견을 들었다 그 말이지."

"홍구허고 성만이처럼 개별적으로 서울로 가면 되는 일 아닌가 생각허네."

"젊은 애들이 백오십팔 명이나 죽었는디."

"여그서 그 말은 그만 혀. 나도 저렇게 운영허는 대표를 좋아 허지는 안으니."

"알았네."

성호가 성호수산으로 가자 성수는 상준이 있는 운영회 사무실 쪽을 한동안 노려보았다.

조문을 마치고 오는 길에 홍구가 말했다.

"조문을 그리 많이 다녀보았지만, 영정이 없는 조문은 처음일세."

"어린아이들이 영문도 모르게 죽었는디 영정사진 한 장 없다니 참 묘한 분향소야."

"어린아이들이 죽었으니 사람들의 감정이 폭발할 수 있겠지. 그걸 방지하고자 묘안을 짜낸 것이고."

"그것이 묘안이라면 참 멍청한 사람들이여."

성만이 혀를 찼다.

"우리도 왜 영정을 못 걸게 허는지 아는 마당에 무슨 묘안이 될 수 있겠는가?"

그 말을 하고 달리는 기차 안에서 창밖을 바라보며 한숨을 내쉬었다. 아무런 일도 할 수 없었다는 것이 너무 서글펐다.

"그 서슬이 퍼렇던 광주에서도 영정은 내걸었네."

시선을 창밖에 두고 있는 홍구에게 어떤 생각을 하고 있는지 물었다.

"안 올걸 그랬어. 이 꼴 저 꼴 안 보고."

그 말을 끝으로 눈을 감았다.

수미산이 아무리 오르기 힘든 산이라 해도 도를 닦는 사람에게는 오를 수 있는 산이고, 칠산팔해가 보이지 않는다고 하지만 양심적이면 다 보이는 것인데 왜 욕계욕천만 생각하고 사는 것인지.

어린아이의 떼죽음을 기회가 온다는 좋은 신호라고 말했던 그 늙은이의 말을 신봉하고 있는 것이 아닌가? 생각하고 더는 생각하지 않으려고 도리질을 했다. 기차 소리는 몸이 무거운 듯 육중한 소리를 내며 철커덕거렸다.

가끔 견디지 못하겠는지 육중한 몸체를 좌우로 흔들었다.

옆에서 잠을 자며 코를 골고 있는 성만을 바라보았다.

10

광호가 성수 가게를 찾았다.

"그 민어는 다 처분혔는가?"

"힘들었네. 아침마다 맨 먼저 안위를 살폈으니."

"민어 낚시를 가려 허는디 또 받을 건가?"

"그려, 큰놈으로 잡아오소. 그런 놈이 있어야 맘이 든든혀."

큰 민어를 못 잡을 수도 있고 해서 그렇게 말했다. 설령 잡아 온다고 해도 들여놓을 생각은 없었다.

"알았네."

"어디로 가는가?"

"목포서 몇 시간 나가면 태도라는 섬이 있어. 여서도에서도 잡히는데 이번은 그 부근에서 잡는댜."

민어를 구입하고 나서 한동안 고민했던 일을 떠올려보다가 그래도 성만이 가져오는 민어는 살릴 수 있다는 희미한 자신감이 있었다. 하지만 걱정이 자신감을 대신할 수는 없었다.

성만은 울산 방어진항으로 가 가자미를 가져왔다. 이번에 가지고 온 가자미는 범가자미와 줄가자미였다.

성만은 기름가자미는 취급하지 않았다. 값비싼 횟감으로 쓰이는 가자미만 취급하고 큰 것을 골라 가져왔다.

기름가자미도 수심 삼백 미터에서 나오는 어종이지만 흔해서 횟감으로는 덜 쓰이는 어종이다.

가자미는 울산 가자미를 가장 귀하게 쳐주었다. 그중 바다 밑 자갈밭에서 사는 범가자미와 줄가자미가 가자미 중에서 최고였다.

울산 앞바다에는 줄가자미와 돌가자미 그리고 찰가자미 범가자미가 살고 있고 육질도 단단하여 씹히는 식감이 색다르다.

이번에 성만이 가지고 온 범가자미와 줄가자미는 등에 뼈 같은 각질이 있어 회를 뜰 때는 그 각질을 잘라줘야 한다.

가자미를 잘 아는 사람들은 줄가자미나 범가자미를 보면 참돔보다 더 선호했다.

맨 먼저 성호가 나서서 줄가자미를 들여놓았다.

뼈 같은 각질이 등에 한 줄 한 줄 박혀 있어 줄가자미라 호칭하였다.

열 마리나 들여놓은 성호는 얼굴 가득 접시꽃이 피어있었다.

"그렇게 좋은가?"

성수가 성호를 바라보며 말했다.

"조금 기다려봐, 이건 귀헌 생선이여. 가자미를 아는 사람들이 금방 사간다니께."

"흔헌 놈 같은디."

"기름가자미는 흔해 팔리지 않지만, 이놈들은 다르지."

"그런가."

"이놈들은 바다 밑 사는 곳이 달라. 자갈밭에서 살고 있지. 선장은 그물이 바위에 걸려 찢어지니 잘 잡지도 않네."

"그려. 나도 구입혀야 쓰것네."

"성만이나 됭게 이런 걸 가져오네."

"성만이 선장들을 잘 아는가?"

"성만이 배도 탔었잖여. 울산서 가자미 배 말이여."

"그렸었나?"

"성만이 나도 좀 줘."

성호 말을 들은 성수가 급하게 흥구수산 수족관에 가자미를 넣고 있는 성만을 찾았다.

"그려, 이제 몇 마리 없어. 귀헌 놈들이라."

"있는 대로 다 주게."

"알았네."

이렇게 하여 세 명의 친구가 성만이 가져온 가자미를 전부 들여놓았다.

범가자미는 둥근 무늬에 얼룩이 등과 배에 있고 사람들이 느끼는 식감은 줄가자미와 차이가 없다.

친구들에게 전부 들여주고 두 마리는 따로 검정 비닐봉지에 담아 2층 어은댁 가게로 가져다주었다.

"여그 값비싼 줄가자미를 가져왔네."

성만은 어은댁을 바라보았다.

"잘 댕겨 왔슈. 귀헌 것을 어떻게."

어은댁이 웃으며 반겼다.

"이건 동해안 바다 밑 자갈밭에서 나오는 것이네. 아무나 사오지 못혀."

특별하다는 것을 돌려 말했다.

"친구들은?"

"친구들에게 다 팔았어."

그 말을 마지막으로 2층에서 내려왔다.

홍구수산에서 벌써 줄가자미를 흥정하는 사람이 나타났다.

흥정을 마치고 성호를 불렀다.

성호는 천에 쌓인 칼을 들고 와 뜰채 속에서 몸부림치는 줄가자미를 도마 위에 올려놓았다.

"참 이상한 일여. 성호를 만나면 물고기들이 순해진다니께."

성만이 성호를 바라보며 말했다.

"사람을 알아보는 것이지."

성수가 줄가자미를 어떻게 잡는지 보려고 다가왔다.

칼질하기 전 성호는 핸드폰을 꺼내 늘 음악을 틀었다.

"참, 희한한 칼잡이네."

줄가자미를 산 사람이 말했다.

그는 경상도 말을 쓰는 사람이었다.

성호의 칼질하는 모습을 주의 깊게 바라보았다.

"줄가자미를 어찌 알고 샀쇼?"

성수가 산 사람을 바로 바라보았다.

"고향서 먹던 거 아닝교."

"고향이 어디요."

"울산 아니라요. 울산 방어진항에 가면 줄가자미만 횟집에서 판다 아닙니껴. 여서 그 가자미를 봤으니 안반갑겠는 겨."

생김새는 꼭 격투기 선수 같았지만, 말하는 모습은 순박해 보이는 사람이었다.

"여근 어떻게."

홍구가 얼굴을 제대로 바라보았다.

"군산서 골프 치고 친구들이랑 같이 왔어요."

성만과 흥구가 색다른 사람이라 생각하고 바라보았다.

"인자 시작혀 보게."

성호는 손을 위로 올렸다 내려놓자 옷소매가 자동으로 팔목 위로 올라갔다.

칼집에서 잘록하고 초승달 같은 칼을 꺼냈다. 마치 칼이 가자미와 같았다.

"이렇게 혀야 헌당께."

먼저 아가미 위에 칼집을 내고 꼬리를 능숙하게 꺾었다.

"피를 빼야 혀."

그 말을 끝으로 가는 철사로 칼집을 낸 머리에서 꼬리 쪽으로 찔렀다.

줄가자미는 그 순간 자기가 죽는 줄 아는지 한차례 파르르 떨었다. 피를 뺀 다음 등을 한 번 더 눌러 마저 뺐다.

머리를 화살촉 모양으로 칼집을 내고 잡아당기자 내장이 따라 나왔다.

성호의 칼 솜씨는 날렵했다. 순서도 망설임이 없었다.

"젓가락 하나를 가져오소."

등지느러미에 칼집을 내며 성호가 말했다.

"갑자기 젓가락을."

성수가 의아한 표정으로 성호를 바라보았다.

"기다려봐."

성만이 다 알고 있다는 듯 말했다.

홍구가 젓가락을 하나 가져오자 칼집을 낸 곳으로 젓가락을 집어넣어 엄지손가락으로 밀어주며 껍질을 벗겼다.

신기하게 껍질이 벗겨져 속살이 허옇게 보였다.

"젓가락으로 벗겨야 헌당께."

그 말을 하며 신기에 가까운 솜씨를 발휘했다.

"칼을."

성수는 호기심이 많았다.

칼로 뭐가 걸려 있나 잘라냈다.

"이거이 줄가자미여. 이렇게 큰놈은 등에 있는 각질이 살을 파고들어 잘라내 주어야 벗겨져."

가자미가 저항 없이 껍질이 벗겨지는 것 같았지만 성호의 이마에는 땀이 송글송글 맺혀 있었다.

"저거이 힘드는가?"

지켜보고 있던 성수가 말했다.

"보고 있는 사람은 그냥 벗겨지는 줄 알아도 허는 사람은 힘드는 법이여."

홍구가 성호를 위로하듯 말했다.

"인자, 자르고 회를 떠야 헌당께."

지느러미는 지느러미대로 잘라놓고 머리가 붙어있던 곳에

서 뼈를 발라냈다.

네 토막으로 고기를 발라놓고 잠시 쉬었다.

"인자부턴 회를 뜰 차례여."

몸통은 뼈를 발라놓지 않고 썰었다. 뼈 쓰는 소리가 고기를 자르는 소리와 함께 통통통 소리를 냈다. 그 소리와 함께 고깃덩이가 한 점씩 떨어져 나왔다.

미리 발라놓은 뱃살은 송송송 썰어내고 뼈를 발라놓은 것은 다져서 올려놓았다.

나중에는 마지막으로 접시의 앞쪽에 줄가자미의 머리를 세워놓자 줄가자미는 이것이 내 몸이다. 라고 말하듯 입을 끔벅거렸다.

"인자, 다 되었당께."

"참 신기하게 칼을 다루는 사람을 봤네예"

가자미를 산 사람이 클래식 음악을 들으며 회를 뜨는 과정을 모두 지켜보고 말했다.

"나를 따라오쇼."

성만이 어디로 갈지 묻기 전에 미리 말하고 회를 뜬 접시를 들고 앞서서 2층으로 올라갔다.

홍구와 성호 그리고 성수는 성만의 뒷모습만 빤히 바라보았다.

"천생연분이네. 천생연분이여."

성호가 그 말을 하고 자기 가게가 있는 곳으로 사부작사부
작 걸어갔다.

11

광호는 목포에서 배를 탔다.

배 안에는 안면이 있는 사람도 있었고 생면부지인 사람도
있었다. 아는 사람끼리 서로 수인사를 하고 선실로 내려가 선
실 거실쯤으로 보이는 조금 넓은 방 가장자리에 자리를 잡았
다.

주위로 일인용 침실이 있었지만 광호는 낚싯배를 탈 때마
다 침실로는 향하지 않았다. 밀폐된 공간의 특이한 냄새 때문
이었다.

거실 가장자리에 쭈그리고 앉아 배낭에서 소주 한 병과 아
내가 안주로 도시락에 담아 준 음식을 꺼내 놓았다.

여러 명이 볼 수 있는 tv도 있었고 4인용 소파도 있었지만

낚시꾼들은 이용하지 않고 각자 방으로 들어가 잠을 청했다.

"오늘은 열 명이 떠납니다."

선실로 내려온 선장이 웃으며 말했다.

"낚시할 때 자리를 어떻게 배정하나요?"

키 작은 사람이 말했다.

한 번도 같이 낚시를 해본 적이 없는 생면부지의 사람이었다.

광호와 눈이 마주치자 고개를 끄떡하고 말했다.

"저는 여수에서 왔어요. 영완입니다. 아직 사십 대입니다."

"서천서 왔네."

광호는 한참 어려 보이는 영완에게 반말을 하고 선장을 바라보았다.

"여섯 시간 후면 태도 부근에 도착하게 됩니다. 그곳에 가면 민어를 잡는 어부들이 있을 겁니다. 그물에 걸리지 않게 태도에 가깝게 접안해서 잘 나오는 곳으로 안내하겠습니다. 그곳은 아무 곳이나 잘 나올 것입니다. 자리싸움은 하지 마시고 열심히 낚시만 하면 되고, 활어로 가져가실 분은 미리 말해 주십시오."

"자리는 선장님이 알아서 배정할 겁니다."

영완이 눈가에 미소를 보이며 말했다.

불만이 있는 얼굴도 있었지만 아무도 말하지 않았다.

초보자는 자리 배정을 선미나 선수에 배치하여 낚싯줄이 다른 사람의 줄에 엉키지 않게 배려하기 때문에 선장이 배정하는 것을 따라야 했다.

"미끼는 밴댕이와 중하를 준비했고 꽁치 토막도 있습니다. 그럼 다 오셨으니 출발합니다."

그 말을 하고 선장은 위로 올라갔다.

"이리오쇼."

그 모습을 지켜보고 있던 남루한 차림의 사람에게 말했다.

"형씨는 참 금실이 좋은 갑소."

남루한 차림의 사람이 다가앉으며 정성스럽게 싼 도시락을 바라보며 말했다.

"낚시허러 가는 서방을 위해 조그만 배려 아니것소."

광호가 소주병을 돌려 땄다.

배가 출발하는지 굴삭기가 바위를 긁어 대는 소리가 들렸다.

"아, 이제 출발허는 갑쇼."

지켜보고 있던 영완이 말했다.

"자네도 술 한잔헐랑가?"

광호가 영완을 바라보았다.

"저는 술을 하지 않습니다."

"통성명이나 헙시다. 이광홉니다. 여기서는 이 사장이라고 호칭하면 됩니다."

광호가 그렇게 말하고 손을 내밀었다.

"아 네. 저는 홍건표입니다. 동년배 같아 좋습니다."

술을 술잔에 따르며 광호가 건표를 바라보았다.

"태도는 처음이라 조황이 어떨지 통 알 수가 없습니다."

"저는 태도를 몇 번 다녀왔습니다. 거기 가면 선장이 포인트를 잘 알아 그쪽으로 배를 댈 겁니다.

그곳의 민어는 잡히면 큽니다. 내가 부안 격포도 다녀 봤는데 그곳의 민어는 잡기도 어렵고 잡아봤자 통치뿐입니다. 하지만 여긴 잡히면 큽니다. 수치도 꽤 나오고요."

"그래요. 주의사항이 있습니까?"

"바다 밑이 온통 자갈밭입니다. 줄을 바닥에 닿을 때까지 내리고 거기에서 이십 센티 정도 올려놓으면 됩니다. 민어는 이빨이 없고 바닥에 있는 조개나 작은 물고기를 입에 넣는 놈들이라 낚시하기는 편할 겁니다. 선장이 민어잡이 배를 탓 던 사람이고 저기 영완이도 그 배를 탔던 사람입니다."

"그런데 영완이는 왜 낚시를 하러 다닙니까?"

"저놈은 말 마십시오. 민어에는 귀신입니다. 민어가 킬로 당 죽은 놈이 삼만 원에 거래되고 있고 산 놈은 오만 원에 거래됩니다. 그러니 배 타는 것보다 벌이 면에서 좋지요."

"영완이는 잘 잡나요.?"

"못해도 대여섯 수는 족히 할 겁니다."

"오짜리 다섯 수면 얼맙니까?"

"하루 백만 원이면 선원으로 어선을 타는 것보다 낫다 생각하지요."

"그렇군요."

"그럼 열심히 해봅시다. 술 잘 마셨습니다. 오늘은 좀 자둬야 내일 낚시를 하지요."

일어나 선실로 들어갔다.

광호는 혼자 앉아 남은 술을 다 마셨다.

늘 그랬다. 낚시를 떠나면 꼭 술을 마셨다. 술이 울대를 넘어갈 때의 짜릿함이 온갖 일들을 잊게 하였다. 2홉들이 술을 두 병쯤 마시고 그 자리에 누우면 여러 생각이 꼬리를 물었다.

요란한 선박의 철푸덕거리는 물소리와 기관 소리도 들리지 않았고 떠날 때 보았던 자식 놈 생각을 하다가 잠을 잤다.

오늘 아침도 그랬다. 초인종 소리를 들었다. 문을 열려고 할 때 빨리 열라는 듯 연이어 벨소리가 들렸다.

수없이 들리는 소리 아들이 틀림없었다.

아침까지 술을 마시고 싸웠던 사람에게 복수하듯 신경질적으로 벨을 눌렀다.

그 소리를 들으면 술집에서 어떤 일들이 있었음을 감지할 수 있었다.

술을 마시다 술값이 떨어졌다는 벨소리는 사이사이가 길었다. 한번 누르고 생각하는 듯했다. 그것은 술값의 보존을 위해 약간의 연민 같은 것을 느끼게 하는 것 같았다.

싸우다 분을 못 삭여 벨을 누르는 소리는 늘 신경질적이었다.

한 번 누르고 다음 소리가 바로 이어졌다. 그럴 때면 집안에서 모르는 척했지만 한 시간 가까이 신경질적으로 눌러대는 소리는 신경을 쇠약하게 했다.

돈을 요구하는 소리를 들으면 얼른 문을 열어주고 얼마간 취한 목소리를 듣고 돈을 주면 돈을 받고 바로 나갔다.

하지만 싸움 후에 돌아오면 주정뱅이의 연민에 젖은 말을 들어 주어야 했다. 때론 울면서 자기 이야기를 들으라는 듯 조심스럽게 말했다. 그 소리를 들으면 더욱 화가 치밀어 올라 냉장고에서 소주 한 병을 꺼내 병나발을 불었다.

오늘 아침에도 그랬다. 누구와 싸워 맞았는지 눈이 시퍼렇게 멍든 상태로 집에 들어오자마자 무엇 때문인지 서럽게 통곡하였다.

아내는 처음에는 그 말을 들어주려고 노력했지만, 이치에 안 맞는 소리를 더는 들어주지 못하고 방으로 들어가 버렸다. 거기까지 생각하다 눈을 감았다.

"잠을 자 두어야 한다."

모든 것을 잊으려고 혼잣말하고 고치 속의 벌레가 꿈틀대듯 꿈틀거렸다.

아스라이 떠올랐다. 민어가 낚싯대를 툭툭 쳤다. 깜짝 놀라 낚싯대를 치켜들었다. 하지만 선박의 거실 안이었다. 꿈속이었지만 실제와 같았다. 순간적으로 팔을 올렸다 내렸다.

"불을 끌까요?"

조심스럽게 영완이 말했다.

"그려."

곧 불이 꺼졌다.

아무도 없는 낚싯배의 조그만 거실이었지만 영완이가 잠들지 못하고 꿈틀거리는 것을 보았는지 다가와 말했다.

철벅대는 바닷물 소리가 서글프게 들렸다.

"자자, 이제 다 잊어야 한다."

혼자서 누군가와 이야기하듯 말했다.

눈을 감았지만, 온갖 이야기가 떠올라 잠이 오지 않았다. 아직 다섯 시간을 가야 한다는 생각에 뒤척이다 일어나 선실 밖으로 올라갔다.

갑판 손잡이를 잡고 하늘을 올려다보았다. 별들이 선박 위로 쏟아져 내렸다.

배는 쏴쏴 소리를 내며 파도를 갈랐다. 밤하늘의 별들이 하늘을 돌며 쏟아져 내렸다. 어지러웠다. 갑판에 그대로 앉아 눈을 감았다.

바람이 불었다. 부딪치는 파도가 잘게 부서지며 갑판 위로 튀었다. 광호는 빗방울 같은 바닷물에 끔쩍하지 않았다.

선장실만 불빛이 있고 컴컴한 바다였다. 하늘 멀리에는 작은 종이배 같은 달이 끄덕끄덕 따라오고 있었다.

아침에 있었던 아들의 얼굴을 떠올렸다. 악귀의 얼굴이 떠오를 때도 있었고 잘생긴 아들이 떠오를 때도 있었다. 하얗게 부서지는 파도 속에 아들의 얼굴도 부서져 내렸다.

정신을 차리고 자기 일을 했으면 좋으련만 그렇게 하지 않는 이유가 무엇인지를 생각해 보았다.

"아들아 정신 차려라! 정신만 차리면 인생의 마지막을 너에게 걸고 싶다."

아무도 없는 새벽 바다에서 간절함을 실어 소리쳐 말했다.

"그려. 열심히 일을 해봐. 일이 얼마나 즐거운지 아느냐."

광호는 일의 즐거움 속에서 살아왔다.

남들은 일 중독에 빠져 있다고 곁에 있기를 두려워하였다.

그렇게 살다 보니 몸이 쉽게 무너져 병원에 다녀온 후 1년 넘게 요양하였지만 요양 중에도 가끔 일터에 나가 가벼운 일을 도왔다.

"왜 니가 그렇게 사느냐."

혼잣말을 조그맣게 바람 속으로 흘려보냈다.

고등학교에 다닐 때의 아들을 상상해 보았다.

어미가 우울증으로 자살하고 그 모습을 옆에서 지켜본 아들은 이상해졌다.

학교에선 공부도 하지 않고 폭력만 일삼았다. 겉모습을 본 사람들은 아들의 인품이 좋다고 말했었다.

그때 잡아줬어야 했지만 그땐 일에 취해 있을 때였다. 열심히 일하면 반대로 돈이 따라왔다.

"거기 사람 있어요?"

선장실 창문을 열고 위에서 선장이 말했다.

선장의 목소리는 선박의 엔진 소리와 부서지는 파도 소리에 잠겼다.

일어섰다. 술기운에 휘청거리며 선실로 내려갔다. 분명 선장이 보았을 것이지만 선장은 위험하다는 말을 그렇게 했으리라 생각했다.

선실로 들어와 자리에 누웠다. 술기운 때문에 선창이 빙빙 돌았다. 눈을 감고 조금만 기다려 보자며 잠들기를 기다렸다.

12

아들 때문에 꼬박 날을 지새운 광호는 선실로 들어가 깊은 잠을 잤다.

사람들은 낚시를 준비하고 조황을 생각하느라 바다를 보고 있거나 낚싯대를 손질하고 있었지만, 광호는 조그만 선실에서 코를 골았다.

아내와 아들이 다투는 꿈을 꾸었다. 그사이에 끼어 아들하고 아내를 떨쳐 내느라 진땀을 뺐다. 쓰레기통이 박살나고 옷가지들이 흩어졌다.

누구 편을 들 수가 없었다. 싸움이 끝나자 아내가 거실 가장자리에 앉아 울었다.

아들은 그렇게 해놓고 문을 발로 차며 나가 버렸지만 집은 이미 난장판이 되어버린 후였다.

"미안했소."

그 말밖에 더할 말이 없었다. 쓰레기통을 다시 세우고 흩어진 쓰레기를 담고 있을 때 쓰레기가 돔으로 변했다.

땀을 흘리며 눈을 떴다.

선실에는 한 사람도 없었다.

"형씨 날이 밝았습니다. 곧 태도에 도착합니다."

오늘 통성명을 한 건표였다.

나이가 같고 낚시라는 취미생활이 같아 하룻밤 사이에 서로 십년지기나 된 것처럼 친해졌다.

눈에 파리가 날아다녔다.

"배에 먼 파리가 있어."

눈을 비볐다.

"웬 파리."

건표가 유심히 바라보았다.

눈앞에서 파리가 도망가지 않았다.

"비문증 아니오."

"그런가?"

"나가 준비합시다."

갑판으로 올라가니 사람들은 낚시를 준비하고 있었다.

"아침을 라면으로 준비했습니다."

사무장을 대신하고 있는 영완이 소리치고 다녔다.

"식사합시다."

건표가 웃으며 말했다.

라면을 먹고 있을 때 태도가 보였다. 낚시꾼들이 술렁댔다.

어선이 그물을 내렸다는 표식인 부표가 장마철 물 위로 호박이 떠다니는 것처럼 보였다. 부표의 끝을 따라가니 삼각 깃발이 보였다.

선장은 부표를 피해 천천히 갯바위에 가깝게 배를 정박하고 배가 조류에 미끄러지지 않게 낙하산 모양의 물닻을 내렸다.

선장이 갑판으로 내려와 긴 대나무를 물속에 넣고 막대기 끝에 귀를 대 소리를 들었다.

"저건 뭐하는 겁니다."

이상한 행동을 하는 선장을 보고 건표에게 말했다.

"물속에 있는 민어의 소리를 듣는 겁니다.

"쏘나가 있는데 뭔 물속 소리를 듣는 답니까?"

광호는 물속의 소리를 듣는다는 선장의 모습을 보고 무당이 사람을 홀리는 짓을 한다고 생각했다.

"바닥에 붙어 다니는 민어는 쏘나 로 잘 보이지 않아요. 더구나 이곳은 자갈밭입니다."

"저걸 믿어요?"

"정확합니다. 조금 후면 다 압니다."

"물속에 있는 민어 소리를 듣는다니 참."

"선장이 민어잡이할 때 저렇게 하여 민어를 많이 잡았답니다. 목포에서는 저렇게 민어가 있는지 확인합니다. 쏘나보다 정확하다니까요."

"자, 이곳에서 낚시하면 됩니다. 큰 고기가 낚이면 소리쳐 주세요. 저희가 뜰채를 준비해 두었으니."

물속에 민어가 있다, 확신하며 말했다.

광호는 먼저 산 중하 한 봉투를 만 원에 사 그것을 이용하였다.

"여긴 밴댕이가 잘 무는데."

건표가 산 밴댕이를 가져오며 말했다.

"중하도 살아있게 해야 합니다. 밴댕이도 그렇고요."

선장은 마이크로 광호가 들으라는 듯 말했다.

먼저 중하 머리에 있는 눈을 피해 낚싯바늘을 꿰었다. 새우가 꼬리를 톡톡 치며 아직 살아있다는 것을 표시하는 것 같았다.

"이놈들이 물속에서 이렇게 움직이면 아무리 민어라지만 눈앞에서 움직이는 먹이를 보고 참지 못하지."

광호는 혼잣말하며 낚싯바늘을 던졌다.

건표는 밴댕이 등에 낚싯바늘을 꿰고 물속에 던져 넣었다.

밴댕이는 너무 크고 물속에서 활동성이 강하여 민어가 물지 않을 거라 생각했다.

"아이쿠."

건표의 낚싯대가 활처럼 휘었다.

"첫수가 입니다."

선장이 낚시꾼들을 둘러보며 마이크로 떠들었다.

마치 일본 파친코 장의 지배인이 잭팟을 터트린 사람에게 괴상한 목소리로 호명하며 축하하는 소리처럼 들렸다.

그때 사람들은 그 소리에 혼이 빠진 듯 코인을 기계 속에 마구 집어넣었다.

낚시꾼들은 선장의 목소리를 들으며 물속에 넣은 낚싯바늘을 꺼내 미끼가 달려있는지 확인하였다.

그들처럼 낚싯바늘을 끄집어내 미끼를 확인하였다.

물때가 맞았는지 여기저기서 민어를 끄집어내고 있었다. 일부는 붉바리를 잡았고 백조기도 잡아냈다.

모두 씨알이 굵은 것들이었다. 그럴 때마다 선장은 민어가 있다는 징조라고 말했다.

"이 사장님 미끼를 바꿔요."

두 마리째 민어를 끄집어낸 건표가 말했다.

격포 앞바다에서 민어를 잡았던 때를 떠올리며 우직하게 새우 미끼를 고집하고 있었다.

"곧 산 새우를 덥석 물 겁니다."

"여기서 낚시를 오래 해보았기 때문에 압니다. 여긴 물속이 탁하여 새우가 보이지 않아요. 밴댕이 정도는 돼야 보일 겁니다."

"격포에서는 새우였는데."

"거긴 물이 맑잖아요."

"그럴까요."

"그려, 로마에서는 로마법을 따라야 헌다잖아."

사무장을 불러 밴댕이 한 상자를 구입하고 미끼를 바꾸었다. 새우보다는 밴댕이가 감촉이 묵직했다.

"물때가 지나면 배가 다른 곳으로 이동합니다. 저기 저 갯바위는 큰슬픈여라고 합니다. 저긴 납닥슬픈여고요."

열심히 하라는 듯 건표가 말했다.

건표가 건져 올린 두 마리의 민어는 모두 1미터급이었다. 두 마리를 잡았으니 욕심이 없다는 듯 자기 낚싯대를 손에 쥐고 광호의 낚싯대만 바라보았다. 두 마리의 민어는 상자 안에서 입을 끔벅거리며 죽어갔다.

그때였다. 뭔가 낚싯대를 툭툭 쳤다. 무의식적으로 낚싯대를 하늘 위로 당겼다. 낚싯줄에서 고음의 피아노 소리를 냈다.

"걸었어요."

위에서 선장이 소리쳤다.

"거봐요. 이번은 분명 민어입니다. 민어."

활처럼 휜 광호의 낚싯대를 바라보며 말했다.

"천천히 들어 올려요."

사무장이 다가와 말했다.

"뜰채나 가져와요."

사무장을 바라보았다.

한번 낚싯바늘에 걸린 물고기는 놓치지 않았다.

민어가 물속에서 요동치며 움직였다. 그간의 실력에서 보여준 기술을 발휘했다. 나가려면 줄을 풀고 힘이 빠졌다고 생각하면 다시 낚싯줄을 감았다.

"잘하시네."

영완이 그 모습을 바라보며 말했다.

낚시꾼들은 그 모습을 보며 부러워했다.

"축하합니다."

건표가 웃으며 말했다.

"아직 내 손에 들어오지 않았어요."

낚싯대를 꼭 잡았다.

물고기가 힘을 쓰고 있을 때 힘의 평형을 유지해야만 낚싯바늘을 입에 문 물고기가 빠져나가지 못한다는 것을 잘 알았다.

낚싯줄의 탄성을 생각해 풀었다 당겼다 반복하였다.

낚시꾼들의 깊은 생각을 알고 있었다. 겉으로는 축하해 주고 있지만 마음속에는 걸려 있는 물고기가 바늘을 빠져나갔으면 하는 생각이다.

"민어냐 백조기냐."

선장이 소리쳤다.

머리를 한 번 보인 물고기는 이내 줄을 당겼다.

"저건 큰 백조기네."

건표가 물고기의 머리를 보고 조그맣게 말했다.

백조기는 경상도 지방에서는 제사상에 올리는 귀하게 쓰이는 물고기지만 서해안 쪽에서는 쌀겨와 소금을 고명처럼 발라 보리가 나오는 철에 먹는 보리조기로 쓰인다.

건표의 말대로 올라온 물고기는 오십 센티급 백조기였다.

광호는 백조기를 갑판 위에 팽개치고 다시 밴댕이를 집어 들었다.

밴댕이를 사용하니 입질을 하였다.

물때가 있으니 급했다.

민어를 기다리는 성만이와 친구들이 하나하나 떠올랐다. 그때였다. 다시 뭔가가 낚싯줄을 당겼다.

"아이쿠."

낚시를 들어 올려 손맛을 보며 그간 해온 대로 낚싯줄을 당겼다 풀기를 반복하였다.

"이번은 민어 같네요."

줄을 울리는 고음의 쇳소리를 들으며 건표가 말했다.

"이놈은 민어일까?"

힘을 주며 말했다.

격포항에서 민어를 걸었을 때를 떠올려 보았지만 딱히 떠오르는 것이 없었다.

얼마간 시간이 흐르자 물고기가 물 위로 올라오며 공기를 마셨다.

"저놈은 민어입니다."

건표가 자신의 낚시는 생각하지 않고 광호가 잡은 물고기만 바라보고 있었다.

"사무장! 뜰채를 가져와요. 뜰채를!"

광호는 힘겹게 물고기를 올렸다.

한번 공기를 마신 물고기는 잡은 거나 매한가지다.

물 위로 떠 올라 공기를 깊게 들이마신 물고기는 부레에 공기가 차 다시 물속으로 들어가려면 공기를 빼내야 하기 때문이고 부레의 공기 때문에 다시 잠수하기는 힘이 든다.

낚시꾼들은 물고기가 부레에서 공기를 뺄 때까지 가만두지 않았다.

뜰채로 들어 올린 민어는 일 미터가 넘는 대물이었다. 무게

만도 육 킬로에 육박하였다.

"살려서 가야 허니 물에 넣어줘요."

성만을 생각해 말했다.

성만은 광호에게서 연락이 오면 시간에 맞춰 목포항에서 기다리고 있었다.

사무장은 꼬리지느러미에 딱지로 표시를 하고 산소 물이 있는 기관실 쪽으로 힘겹게 가져갔다.

"이거 하나면 됐어."

그렇게 말하고 나도 잡았다는 듯 팔목에 힘을 주었다.

옆에서 응원해준 건표를 보고 미소를 보내주었다.

"저건 수치입니다. 최고로 쳐주는 민어. 여기서 팔아도 삼십만 원은 족히 나갑니다. 조금 기다리면 영완이 올 겁니다."

"영완이가?"

"영완이는 그렇게 해서 살아가는 놈이니까요."

그 말이 끝나자마자 입가에 미소를 흘리며 영완이 찾아왔다.

"이 사장님 축하합니다."

"낚시하지 않고 웬일이야."

"저거 킬로 당 삼만 원에 저에게 넘기시죠."

"절대로 고기를 팔지 않는 사람이네."

안 판다는 광호의 말에 굳은 표정으로 낚싯배 반대편에 있는 자기 낚싯대 쪽으로 갔다.

선장은 조황을 말하며 이제 곧 물때가 바뀌니 장소를 이동해야 한다고 하였다. 하지만 이만한 조황이면 성공했다 생각했다. 배낭 안에 있는 소주를 생각했다.

"이제 붉바리라도 한 마리 잡았으면."

광호는 혼잣말하며 붉바리로 회를 떠 안주로 삼았으면 했다.

"여기선 아무 고기나 다 회를 떠 안주로 사용해도 됩니다.

옆에 있던 건표가 마음속에 있는 광호의 생각을 알고 있다는 듯 말했다.

갑판 위에 내팽개친 백조기를 바라보았다.

"그려, 저거면 됐어."

광호는 그 말을 하고 사무장을 불렀다.

"사무장! 저거 백조기로 회를 떠주게."

사무장은 곧 갑판 위에 있는 백조기를 가져갔다.

낚시하던 낚시꾼들은 손을 놓고 삼삼오오 이야기를 나누고 있었다.

가까운 곳 어선에서 양망하고 있었다.

어부들의 힘겨운 목소리와 거친 숨소리가 들렸다.

그물에 걸려 올라오는 민어를 보고 민어요. 민어요.하고 외쳤다.

"저 배들은 신안 앞바다에서 민어잡이를 해야 하는데 민어가 잘 나지 않아 이곳까지 오는 겁니다."

"민어 때문에 전쟁터네요."

"신안 임자도 가봐요. 거긴 민어요리를 하는 집들이 많아요."

"형씨는 참, 아는 것도 많아요."

"신안이 고향이니까요."

"민어를 어떻게 먹나요."

"임자도 가봐요. 민어로 수십 가지 요리를 만듭니다."

"그래요."

임자도를 가봐야겠다 생각했다.

낚싯배가 목포로 들어간다고 말하자 광호는 핸드폰으로 성만에게 시간 맞게 도착해줄 것을 말했다.

13

　성만은 광호가 준 민어를 가지고 특화시장 서해수산 성수를 찾아갔다.

　"오늘 민어가 큰 것이 왔네."

　"여그에 들어 가것어?"

　수족관을 보자 지난번에 넣어준 참돔과 장어 그리고 가자미로 꽉 차 있었다. 성수는 받기가 싫어 돌려 말했다.

　"그럼 홍구헌티 가야것네."

　"그려."

　"받을지 먼저 와봤어."

　큰 민어를 받을 사람은 특화시장 내에선 홍구뿐이라 생각했다.

"잘 다녀왔나?"

홍구가 반갑게 맞이했다.

"지난번 민어를 가지고 힘들었으니 이번에도 민어를 받을지 먼저 서해수산에 알아봤어."

"큰놈인가?"

"일 미터가 넘는 놈이야."

"그럼 여그다 담아야지."

"아직 참돔도 그대론디."

"그냥 넣어."

단호하게 말하자 활어차에서 민어를 꺼내 가져왔다.

"이렇게 큰가."

민어는 수조에 들어가자마자 대장처럼 움직였다.

마치 점령한 조직의 대장처럼 삼각 눈을 뜨고 주변을 바라보았다.

점령당한 물고기들은 처분을 기다리는 죄수 같았다.

민어가 좁은 수족관 내에서 움직이면 참돔이 차지하고 있던 공간을 내주었다.

"이놈 봐라."

홍구가 그 모습을 멀거니 바라보며 혼잣말을 하였다.

"뭘 그리 멀거니 바라보나?"

성만이 홍구가 수족관을 빤히 바라보고 있어 말했다.

"갑자기 놈이 들어와 대장 행세허네."

수족관 정중앙을 차지한 은회색 민어가 다른 어종들의 동태를 살폈다.

"덩치가 있으니……"

"덩치로 대장 노릇헐 거면 씨름선수가 다하지."

"이 사람아, 이놈을 어떻게 팔 것인지를 생각허게."

"얼마를 받아야 허나?"

"킬로당 오만 원은 받아야지."

"그런가?"

"다금바리보단 적은 금액여."

"알았네."

성만은 감생이와 참돔을 성호수산과 서해수산에 나누어 넣어주고 2층 어은집으로 올라갔다.

성호가 성수를 찾아왔다.

"성만이 홍구헌티 뭘 넣었는가?"

"저그 봐 민어를 넣었네. 지난번 민어가 생각나서 나는 못 받는다고 혔어."

"민어 좋은디, 지금이 민어 철이고."

성호가 홍구수산 쪽을 바라보았다.

"지난번엔 죽지 않게 허느라 밤잠도 못 자고 힘들었당께."

성수는 지난번 민어 때문에 고생했던 기억을 떠올렸다.

"저건 큰 놈인디."

홍구수산 수족관 중앙을 차지하고 있는 민어를 멀리서 바라보며 말했다.

"그러니 나는 못 판다고 혔어."

"어이 장사허는 놈이…… 위험헌 것이 돈 남는다고 안혔나?"

성호가 책망하듯 말했다.

"그렇긴 허지만. 지난번 죽을까 봐 한숨도 제대로 못 잤다니께."

"덩치는 소만헌 놈이 먼 잠을 못 자."

"난 그려도 마음이 약허네."

"홍구는 큰 놈은 잘 받어."

"지난번 다금바리를 팔아 큰돈을 벌었잖은가?"

"그려서 겁이 없나?"

홍구는 수족관 앞에서 쭈그리고 앉아 민어의 행동을 살폈다. 민어는 가장자리로 피한 연분홍빛 참돔을 바라보며 공격 태세를 갖추고 있었고 얼마 전까지 수족관 내에서 자태를 뽐냈지만, 지금은 뒤로 밀려난 처지가 되어 있었다.

은회색 민어는 중앙에서 비켜나지 않았다. 가끔 수족관 밖의 풍경을 관찰하며 자기를 바라보고 있는 홍구와 눈이 마주치면 얼른 다른 곳으로 눈알을 돌렸다.

민어의 모습이 사파리의 무리에서 우두머리가 높은 곳을 차지하고 앉아 무리를 지켜보는 것 같았다.

지난날을 생각했다. 같은 조직의 가족인 동생이 울고 있었다.

"너 무슨 일 있느냐. 사내놈이 눈물을 보여."

다그쳤다.

"형님 너무 억울합니다."

"뭐가 억울하냐. 억울하면 풀어야지."

"우리가 관리하는 용궁에 칠성파 애들이 쳐들어와 다짜고짜 이렇게 만들었습니다. 너무 억울합니다."

그 말을 하며 펑펑 눈물을 흘렸다.

용궁은 우리가 관리하는 곳이었다.

"사장은 뭐라 허등가?"

"쪽팔려서…… 바라보고 있었습니다."

그때를 생각하는지 더욱 슬픈 표정을 하였다.

"그래, 우리 조직을 그렇게 알았다 이거지. 조직원들 전부 집합시켜!"

그 말이 떨어지자 조직원들이 빠르게 움직였다.

시내에서 각자 나름대로 일을 하던 조직원들은 한 시간 내로 다 집결하였다.

"오늘부터 우리 조직은 전쟁을 선포한다. 우선 세작을 풀어 적의 동태를 살피고 적당하다고 생각될 때 치는 것이다. 우린 형제니까 우리 형제 중 누구 하나 억울한 일을 당하면 우리가 다 같이 당하는 꼴이니 용서는 없다."

곧 세작을 풀어 적의 동태를 살폈다.

얼마가 지나자 칠성파 조직원들이 궁전횟집에서 회식을 한다는 말을 세작이 전해왔다.

곧 전투준비에 들어가 무기를 승용차 트렁크에 감추고 쳐들어갔다.

궁전횟집을 포위하고 일부는 쳐들어가 무작정 모든 기물을 파괴하고 나오는 칠성파 조직은 몽둥이로 내리쳤다. 마치 쥐구멍에 불을 땔 때 연기 때문에 뛰쳐나오는 쥐를 때려잡듯 그렇게 하였다.

소만 한 덩치의 삼십 명이 무릎을 꿇었다. 그중 두목도 있었다.

"어이, 왜 이렇게 됐는지 아는가?"

조직의 두목에게 반말로 말하자 눈을 흘겨보며 처분을 기다렸다.

"자네라면 관리하는 나와바리에 쳐들어와 동생을 이렇게 만들면 되겠소."

두목은 모르는 일이라며 무릎 꿇고 있는 조직원을 돌아보았다.

"저놈입니다."

그때 당한 동생이 잡아먹을 듯 바라보았다.

"너 이리 나와."

두목이 보는 앞에서 린치를 가했다.

칠성파 두목도 할 말이 없는지 한숨을 몰아쉬며 고개를 숙였다.

"할 말 없네."

두목이 겨우 그 말을 했다.

"인자 우리 밑으로 들어와."

홍구 말이 떨어지자 두목이 일어섰다.

"우리가 이렇게 살아도 나름대로 자존심이 있는 거 아녀."

"아직 정신 못 차렸구만."

그 말이 떨어지자 둘러있던 조직원들이 두목에게 무차별 린치를 가했다.

사실 조그만 시에서 두 개의 조직이 긴장 속에 버티고 있다는 것은 말이 안 되는 일이었다. 언제든 기회가 된다면 합해야 한다는 말을 종종 해 왔던 터였다.

결국 그날의 일로 칠성파 두목이 자살을 선택하여 죽었고 칠성파는 와해되었다. 홍구는 칠성파에서 움직이던 사람들을 모두 인수하였다.

칠성파 두목이 죽자 맞았던 동생이 책임지고 경찰서로 찾아가 싸웠던 일을 자기가 꾸몄다고 자수하고 처분을 기다렸다.

"이놈 민어 맞지요."

홍구가 쭈그리고 앉아 생각에 잠겨 있을 때 한 사내가 다가와 민어를 바라보며 말했다.

"민업니다."

수족관 안에서 민어가 바라보았다.

"하, 그놈 참 맛있겠네."

"육 킬로가 더 나가는 놈입니다."

"그래요, 저놈 얼마요."

"킬로 당 오만 원입니다."

"상차림까지 사십만 원이면 되겠습니까?"

"그럼요."

"민어를 잘 다루는 사람 있습니까?"

"그럼요. 예술적으로 다룹니다."

"그럼 바로 다뤄주세요."

성호에게 연락을 했다.

곧 성호가 왔다.

"이걸 지금 다뤄줘야겠네."

"몇 분이 먹나요?"

홍구가 성호가 들으라는 듯 말했다.

"열 명."

"알았습니다."

대답은 성호가 했다.

성호는 소중하게 헝겊에 말려있는 칼을 꺼냈다.

민어는 서해수산에서 해체하는 모습을 보았기 때문에 전번보다 아무리 크다 하여도 같을 거라 생각하며 뜰채로 끄집어내 도마 위에 눕혔다. 민어가 푸르고 검은 눈동자를 굴리며 물속에서 하듯 입을 끔벅댔다.

홍구는 도마 위에서 눈알을 굴리고 있는 물고기를 보면 어느 정도 물고기의 감정을 알 수 있었다.

그것이 자신이 가지고 있는 편향된 생각 때문인지는 알 수 없지만 도마 위에 있는 물고기 눈은 늘 슬펐다.

성호는 음악을 틀고 지난번과는 다르게 시작하였다.

먼저 아가미를 찔러 피를 뽑고 꼬리를 흠집을 내 피를 마저 뽑았다. 다음엔 은회색 비늘을 칼날로 긁어냈다.

"이렇게 해야 고운 살결이 보이지."

성호는 마치 들으라는 듯 혼잣말을 하며 머리를 자르고 배를 갈랐다.

"자, 이게 부레요."

혼잣말을 하자 민어를 산 사람이 고개를 끄덕였다.

"이거 봐, 이게 민어 부레에 있는 울대라는 거여. 이거이 있어야 개구리 소리를 내는 거지."

부레에 동그랗게 구멍이 뚫린 것을 보여주었다.

"이놈은 낚시꾼이 잡은 민어여. 이렇게 큰 놈을 한 번에 끌어 올리면 부력 때문에 부레가 입으로 뛰어나오지 마치 뭔가 물고 있는 것처럼 그리되면 곧 죽어버린당께. 낚시꾼이 당겼다 늦췄다 헐 때 민어는 공기를 뺐다 채웠다 허면서 부력에 적응하는 거고."

"예술적으로 일한다더니 많이 아시네요."

지켜보고 있던 사내가 말했다.

"물고기는 많이 다뤄봤어요."

그렇게 말하고 부레를 잘라 종발에 담았다.

"저그 남도에선 이 부레로 여러 종류헙니다."

"그래요."

그 사람도 알고 있다는 듯 말해보라는 투였다.

"이건 수치라고 헙니다. 수치나 암치나 맛은 다르지 않지만 수치가 더 식감이 좋다고 합니다. 작은놈들은 통치라고 허고요. 여그 부레로 남도에선 어교로 만들어 국궁을 만들기도 허고 입 돌아간 사람 돌아간 입 반대편에 붙여 제대로 돌려놓는 역할을 하기도 혀서 약으로도 쓰입니다."

"많이 아시네."

그렇게 말하자 성호가 한차례 바라보았다.

"어디로 가면 됩니까?"

흥구에게 말했다.

"2층 어은집으로 가면 됩니다."

흥구 말이 떨어지자 곧 2층으로 올라갔다.

"자네는 돈 벌기 쉽구먼."

성호가 잠시 손을 놓고 흥구를 바라보았다.

"저 사람은 분명 민어를 잘 아는 사람이네. 용케도 그렇게 되었지."

흥구는 성만한테 큰 민어를 들여놓은 지 한 시간도 채 되지 않아 팔게 되어 시원섭섭하였다.

"성수를 봐 얼마나 애태웠는지 말이여."

"그렇긴 허네. 나도 이렇게 될지 알았는가?"

"하여튼 자네는 어신이네, 어신이여."

멀리서 지켜보고 있던 성수가 다가왔다.

"흥구 축하혀."

"뭘 이런 걸 가지고서."

"성만이가 내게 받으라 혔었는디 지난날이 떠올라 그만두었당께."

"이 사람아, 다 임자가 있는 법이여."

성호가 칼질을 멈추고 성수를 바라보았다.

성수는 아깝다는 듯 얼굴이 벌겋게 달아올라 있었다.

14

광호는 낚시가 끝나 피곤하였지만 집으로 가지 않았다. 가려 해도 자식 놈 생각에 발걸음이 떨어지지 않았다.

오늘은 다르겠지, 하면서 훈계를 하였지만 저녁이 되고 새벽이 오면 늘 반복되는 생활을 하였다.

이제는 집에 들어가기가 무섭고 오늘도 그놈이 행패를 부린다면 어떻게 할까 하고 고민하였다.

서천집에서 홀로 앉아 소주를 마셨다. 도심은 저녁이 깊어 갈수록 인적이 끊어졌다.

서천댁은 홀 안쪽 깊고 어둑한 곳에서 졸고 있고 광호는 혼자서 소주를 마시고 있었다.

막 일어서려고 할 때 성만이 들어왔다.

"혼자서 술 마시나?"

"그렇게 되었네."

"사람도 참, 전화라도 혀야지."

"혼자 왔는가?"

"친구들이 온다고 하였네."

"이리 앉게."

광호가 술친구가 와 반갑다는 듯 의자를 밀었다.

"오늘 민어 홍구수산서 팔렸네."

"그렇게 빨리 신통허네."

"잘 맞은 것이지."

광호는 성만에게 주었지만 이렇게 작은 도시에서는 팔리지 않고 곧 죽을 거라, 생각하고 있었다.

"누가 먹었는가?"

"처음 보는 사람인데 민어를 잘 아는 것 같았어."

"그려, 아는 놈이 먹는 것이고 먹어본 놈이 먹는 법이여."

"술을 더 마실 건가?"

"나는 한 잔만 주게."

성만이 소주병을 들었다.

광호가 술잔을 들어 막 마시려고 할 때 친구들이 들어왔다.

"아니 웬일인가?"

"술 한 잔 마시려고 왔어."

"이리로 앉게."

이번에는 친구인 상준까지 끼어 있었다.

상준은 친구들 때문에 특화시장 상인회 회장을 맡고 있었는데 친구들 편에 서서 일을 하지 않는다고 불만이었다.

하지만 상준으로는 할 수 없는 일이었다. 상인회라는 것이 여러 부류의 사람들이 속해 있어서 누구 하나의 의견을 따르면 곧 좋지 않은 소문으로 일을 어렵게 하기 때문이었다.

"오늘은 지난 일도 있고 혀서 내가 사겠네."

상준은 지난번 이태원 사고의 분향소 문제로 친구들과 서운했던 일을 말하고 있었다.

친구들은 이미 변해버렸다, 생각하고 있었으나 그 말을 끄집어내자 뜨악한 표정으로 서로 얼굴을 바라보았다.

"우리 술 한 잔 허세."

광호는 그간 상준이 나타나지 않자 어떤 일이 있긴 있었나 보다 하고 생각만 했을 뿐 관여하지 않았다.

홍구는 친구들 술잔을 모두 자기 앞에 모아 놓고 소주와 맥주를 섞어 폭탄주를 만들었다.

"위하여!"

한 잔씩 받은 친구들이 상준의 선창을 기다렸다가 모두 '위하여'를 외쳤다.

"친구들이 이렇게 모이니 정말 반갑네. 나는 낚시만 허러 다니다 보니 외톨이가 되었지만 여그서라도 만나니 정말 반가워."

광호가 친구들을 하나하나 바라보았다.

"그 민어는 어디서 잡았는가?"

성수가 광호를 바라보았다.

광호는 이미 취한 상태여서 얼굴이 붉었다.

"낚시는 공치는 날이 많아 허지만 꾼들은 그걸 깡그리 잊고 다음 날 다시 부푼 꿈을 안고 떠나지, 친구들이 힘들어도 가게로 나가는 것과 흡사헌 일여."

"낚시가 그리 재미난 것이가?"

"재미 난 게 아니라 그냥 기다린다는 것이지 꿈을 안고 희망을 걸어서."

"그런가? 그 큰 민어는 어떻게 낚았는가?"

"그 민어는 태도에서 낚았네. 태도 아는가?"

광호의 물음에 대답 못하고 모두 누가 아는지 서로 얼굴을 바라보았다.

"남도 끝에 있는 섬이네. 그곳에는 큰슬픈여도 있고 납닥슬픈여도 있어서 그곳에서 한 명씩 올라가 갯바위 낚시를 허는 곳이여. 거기는 물이 스치듯 돌아나가고 있어. 고기들이 먹이활동을 하기가 좋은 곳이지. 낚시꾼들은 고기가 몰린다는 것을 물길만 봐도 잘 알거든. 나는 거기서 낚싯배 선상낚시를 했는데 갯바위 낚시를 추천허고 싶어."

"물고기들도 때가 있는가?"

"조금 후면 감생이가 올라오네. 감생이."

그 말을 하고 뭔가 낚아올리듯 팔뚝에 힘을 주었다.

성수가 광호를 바라보며 광인이 다 되어버렸다 생각하고 친구들을 바라보았다.

친구들도 광호의 말을 경청하다 술만 취한 것이 아니라는 듯 변해버린 광호를 걱정하는 얼굴이었다.

"지난번에 정말 미안했네. 친구들도 내 생각을 한번 해주게."

상준이 친구들이 알아주지 않자 서운한 듯 말했다.

"우린 자네 입장 잘 알고 있네. 허지만 누가 아군이고 누가 적군인지 알어야 허네."

홍구가 상준이 앞에 있는 술잔을 가져와 폭탄주를 만들며 말했다.

"알았어."

상준은 자기 말을 들어주지 않자 서운한 듯 술을 벌컥벌컥 들이켰다.

"어떻게 그리 빨리 민어를 처분했는가? 특화시장 상가의 어신이 자네여."

성호가 홍구에게 술을 따랐다.

"우연이었어, 순 우연."

"그려, 행운이 우연을 가장해 나타난다고 혔어. 열정도 있고 간절함이 있는 사람에게 나타난다는 거지."

"그런가?"

"이렇게 술 마시는 날에 나타나 취한 모습을 보니 우리가 민망혀."

성만이 광호를 연민에 찬 눈으로 바라보며 술잔을 따랐다.

"내가 미안허네. 친구들 일정을 알 수가 있어야지."

"그려. 인자 술 마시게 되면 전화허것네."

"그렇게 혀주게. 다음부턴 처음부터 껴주게나."

친구들이 왁자지껄 이야기를 나누고 있었다.

서천댁이 그사이 광호가 잡아온 붉바리로 일부는 회를 뜨고 찌개를 만들어 술상에 올려놓았다.

"이거 붉바리 아녀."

상준이 한술 떠 국물 맛을 보며 말했다.

"붉바리, 귀헌 것을 어디서 구했나?"

성호가 서천댁을 바라보았다.

서천댁은 대답을 대신해 광호를 바라보았다.

"붉바리도 낚았는가?"

성호가 숟가락으로 국물을 한술 떠 입에 넣었다.

"붉바리는 덤이네, 덤."

광호는 특별한 것이 아니라는 듯 말했다.

"덤이 이렇게 귀헌 것인가?"

성호는 국물을 맛있게 넘겼다.

"다음 낚시는 무얼 잡는가?"

성수가 취한 광호를 바라보았다.

"다음엔 감생이와 참돔을 낚으러 가네. 그놈들은 갯바위 낚시가 제격이여. 갯바위에 올라가서 그놈들과 눈치 싸움을 혀야 되거든."

바다 한가운데에 있는 갯바위 위에 홀로 쓸쓸하게 낚시하는 광호를 생각했다. 광호는 이미 취해 바다에 있었다.

"어디로 갈 건가?"

"멀리 아무도 오지 못헐 그곳으로 가볼 예정이네. 갯바위에 홀로 서서 낚시하는 사람을 상상해 보았는가?"

광호는 취기가 오르는지 자꾸만 연민에 젖은 소리를 했다.

"사람들과 이야기할 곳을 찾아다니게. 늘 낚시에만 빠져있으면 고립된다고 안혔는가?"

성만이 광호의 슬픈 얼굴을 바라보았다.

"친구 말은 알아듣겠는데 그게 잘되지 않어."

술에 취한 친구들은 둘 셋으로 갈라져 이야기를 나누고 있었다.

성수는 상준이 옆에 앉아 뭔가 지시하듯 떠들었고 상준은 마치 죄인처럼 성수 말만 들었다.

"조직을 이끌어 갈라면 힘이 있어야 허는 것이어. 지금 정치허는 사람들도 여론조사를 허잖여. 그것이 뭐것어. 자기를 지지허는 사람이 많아야 그걸 등에 업고 힘을 발휘혀, 지지허는 사람이 많아야 헌다니께."

성수는 노조위원장했던 경험을 떠올리며 말했다.

"알았어, 고맙네."

취한 성수의 말을 들으며 빨리 이곳을 피해 집으로 돌아갈 방법을 생각하고 있었다.

"친구들이 취했으니 이제 나가지."

홍구가 일어서서 말하자 왁자지껄 떠들던 친구들이 조용해졌다.

상준은 기회는 이때다 싶어 얼른 서천댁을 찾아가 술값을 계산하였다.

"아직 취허지 않았는디."

성수가 말했다.

"여기 광호는 우리보다 일찍 왔잖여."

성만이 앉아있는 광호를 부축하여 밖으로 나갔다.

"오늘은 이걸로 마치고 다음에 내가 사겠네."

성호가 일어서며 말했다.

홍구가 민어를 팔긴 했어도 민어를 해체하여 얼마간의 돈을 챙긴 성호가 그 말을 하고 밖으로 나갔다.

"고마웠어요."

서천댁이 문을 나서는 친구들을 향해 말했다.

하나둘씩 각자 집으로 헤어지고 집에 들어가지 않겠다는 광호를 성만이 부축하여 아무도 없는 특화시장 주차장 턱에 앉았다.

광호는 비틀거리며 담배를 꺼냈다.

"친구 나는 집에 들어가기가 싫네."

"이 사람아, 집에 있는 마누라도 생각혀야지."

광호는 푸른 담배 연기에 슬픔을 실어 멀리 내뿜었다.

"어떻게 살아야 허것는가?"

"왜 그래 자네는 그래도 사회적으로 성공하였고 돈도 많이 벌었잖은가? 그거면 됐지 또 뭘 바래."

성만은 달래듯 말했으나 광호는 연신 한숨을 섞어 연기를 내 뿜었다.

조명등도 꺼진 주차장에는 아무도 없었다.

오늘따라 주차되어 있는 차도 없었다.

별빛이 내려앉는 주차장 한구석에서 광호는 초라하게 쭈그리고 앉아있었고 그 옆에서 성만은 광호의 이야기를 들어주고 있었다.

"사람이 이렇게 허무해서야."

밑도 끝도 없이 그렇게 말하고 또 다른 담배를 꺼내 불을 붙였다.

"왜?"

"자네 나를 어떻게 생각하나?"

"느닷없이 먼 말이여."

"요즘엔 낚시가 아니면 못살겠단 말이야. 집에도 들어가기 싫고 알잖아. 낚시 갔다 와서 또 이렇게 앉아있으니 말이여."

"친구 몸 상혀. 집에 들어가서 쉬었다 다시 나가."

성만은 광호가 집에 들어가지 않으려는 것을 잘 알고 있었다.

집에서는 아내가 기다리고 있지만 하나뿐인 아들의 전화가 어떤 상황 속에서 울릴지 생각해야 했다.

늘 초저녁도 아니고 모두 깊은 잠에 빠져있을 때 좋지 않은 전화가 왔다. 그럼 나가서 사고를 수습하고 나면 뿌옇게 날이 밝았다. 아내는 늘 불만이었지만 내색하지 않았다.

"그놈을 잘못 키웠어. 커가면서 애비를 이해해줄 것으로 알았던 거지. 나는 죽도록 일을 한 거고 불알 두 쪽만 가지고 나왔으니 가난을 극복한다는 명분도 있었고."

"친구는 잘산 거야. 누가 그렇게 어려운 현실을 극복하겠나. 이제 새벽이네 집에 들어가 아내를 따뜻하게 해주게."

"알았네. 알았어."

광호는 그렇게 말하고 울었다. 처음엔 울음소리가 들리지 않았지만 시간이 지남에 따라 그 소리가 컸다. 성만은 들썩이는 어깨를 안아주며 달래주었다.

"이제 그만해. 언젠가는 자네의 진심을 알아줄 것이네."

"아니야. 그놈은 이제 안 돼. 남들은 아들이 아버지를 다독여 준다고 허둥만 난 이게 뭔가."

그렇게 말했지만, 아들 가진 죄라며 일이 터지면 아들 편에 서서 문제를 해결하였다.

"이제 들어가게 아내가 얼마나 노심초사허것는가?"

"알았어. 이제 가겠네."

광호는 어둠 속으로 비틀거리며 사라졌다.

성만은 그 자리에 앉아서 하늘 가운데에서 마치 풍선처럼 떠있는 달을 바라보았다. 수많은 별이 밝은 달 주위로 모여들었다.

이제 얼마 후면 어은댁과 한 살림을 차릴 것인데 어떻게 살아야 할지 자꾸만 자신감이 떨어졌다.

숙자가 지금은 순탄하게 학교에 다닌다고는 하나 광호 아들처럼 사고나 치면 그 일을 어떻게 처신해야 하나도 근심거리였다.

늦장가들 든 홍구도 자꾸만 혼자 있을 때를 생각하고 있는 것 같았다.

일은 잘된다고는 하지만 그 일에 만족하지 않고 있다는 것을 성만은 잘 알고 있는 터였다.

15

광호는 갯바위 낚시를 하러 태도로 들어갔다.

돔의 시즌이었다. 완도에 있던 돔들이 태도를 거쳐 추자도로 회유한다고 낚시꾼들은 믿고 있었다.

"사장님은 어디로 모실까요."

선장이 갯바위를 정하도록 하였다.

"저그 큰슬픈여에 내려주십시오."

선장은 조심스럽게 큰슬픈여로 접근하여 내리게 하였다.

큰슬픈여에 내려 주변의 물살을 바라보았다. 물살이 여 끝까지 밀어올려 여를 감싸고 돌았다.

장소가 갯바위 낚시로는 제격이고 큰 물고기가 들 거라 생각하고 미끼를 던졌다.

"이제 너희들과 한판 승부를 벌이자. 기다려라."

혼잣말을 하며 집어 미끼로 가져온 생크릴새우를 집어던졌다. 새우가 물속으로 하얗게 싸락눈처럼 흩어졌다.

미끼가 흩어지는 모습을 바라보며 물살이 어떻게 움직이는지도 관찰하였다.

"마음껏 맛을 봐라."

완도에 있던 돔의 회유 코스인 태도는 씨알이 굵었다. 간혹 이십 센티 정도의 돔도 걸리기는 하지만 오십 센티를 넘은 돔이 태반이었다.

낚시하는 시간은 얼마 되지 않았다. 물때를 맞춰 선장이 내려줬기 때문에 그 시간만큼은 열심히 낚시해야 했다.

"저곳이다. 저기서 물이 들어와 소용돌이치며 다시 돌아나가는 곳으로 낚싯바늘을 정확히 넣어야 한다."

미끼가 흩어지는 모습을 바라보고 혼잣말을 했다.

멀리 보이는 납닥슬픈여에서도 혼자서 낚시를 하고 있어 외로운 느낌은 없었다.

이곳 태도의 여에는 혼자서 차지하고 해야 한다. 물고기가 모이는 장소인 물이 돌아나가는 곳이 좁아 한 사람만 움직일 수 있기 때문이다.

망망대해 외로운 섬 태도는 돔들이 갯바위에 붙어있는 먹이를 입으로 긁어먹기에 딱 좋은 곳이었다.

수온이 달라져 간혹 민어도 나오기는 하지만 칠팔월 여름에는 돔을 잡는 철이다.

수심이 오 미터인데 꼬리 찌 3번에 목줄 수심을 삼 미터로 띄워놓고 기다려야 한다.

"자, 시작이다. 입속에 넣고 여기를 빠져나가 봐라."

낚시를 던졌다.

미끼는 크릴새우와 꼬리 찌를 사용하였다.

광호는 고집스럽게 집어가 안 되면 갯지렁이와 크릴새우로 바꿔가며 했다.

갯지렁이는 몸집이 길어 산채로 낚싯바늘에 꿰어 생각하고 있던 물속으로 던져넣으면 낚싯바늘에서 빠져나오려고 몸부림친다.

돔은 그걸 보고 마치 도망가려는 것으로 생각해 덥석 물고 물길을 따라 달아난다.

낚싯바늘이 제 입속에 있다는 것을 모르고 달아나다 스스로 낚싯바늘을 입에 꿰기 때문에 낚시꾼은 그때까지 기다리기만 하면 되는 것이다.

그걸 손에 느끼는 순간 천천히 들어 올리면 되는 것이다.

이때가 중요하다. 물고기들은 입에 뭔가 걸렸다고 생각되는 순간 본능적으로 갯바위 밑으로 몸을 의지하기 때문에 그걸 못하도록 힘을 유지하여야 한다.

갯바위 밑으로 들어가면 낚싯줄이 갯바위에 걸려 끊어져
버린다.

여러 경우의 수를 생각하며 돔이 물기를 기다렸다. 앞 납닥
슬픈여에 있는 사람이 벌써 걸렸는지 힘을 쓰고 있었다.

낚싯대가 활처럼 휘며 힘겨루기를 하는 모습이 마치 어린
시절 억지로 소를 끌고 가는 모습과 흡사하였다.

앞을 바라보고 있을 때 입질이 왔다.

"기다리자. 이놈이 물고 갈 거고 스스로 입에 낚싯바늘에
꿰일 것이다."

실수하지 않으려고 주문처럼 순서를 혼잣말로 했다.

"그려, 이때다."

낚싯줄을 당겼다.

묵직한 느낌의 뭔가 걸려 있었다.

빠져나가려고 힘을 쓰면 힘겨루기를 하지 않고 갯바위 밑
으로만 들어가지 못하도록 물 위로 유도하였다.

"그려, 그렇게 위에서 놀란 말이다."

물속에 있는 물고기는 생각대로 위에서 힘을 쓰고 있었다.

낚싯줄에서 고음의 기타 소리가 들렸다.

힘겨루기가 얼마 가지 않아서 물 위로 정체를 보였다.

감성돔이었다. 묵직하고 힘도 있었다.

"이놈이 걸렸어. 첫수부터 꽤 좋은데."

물 위로 몸뚱이를 들어낸 감성돔은 공기를 한번 크게 들이
켜고 다시 물속으로 들어가 힘을 썼다.

하지만 오래가지 못하고 곧 물 밖으로 끌려 나올 거라 생각
하며 낚싯줄을 당겼다.

생각대로 더는 힘을 쓰지 못한 감성돔이 물수제비처럼 끌
려 나왔다. 마치 가자미처럼 둥근 몸집이었다.

낚시꾼들은 이것을 빵이 크다 하였다.

"이놈 몸집을 무척 키웠어."

손안으로 잡히지 않을 정도로 살집이 있는 첫수였다.

물속에 고기 담을 망을 집어넣고 그 속에 감성돔을 넣어 두
었다.

보통은 그대로 그릇에 담아 놓으면 되지만 그렇게 하면 죽
기 때문에 성만을 생각해 되도록 살려야 한다는 생각에 어망
을 준비한 거였다.

감성돔은 물속에서 퍼덕거리며 자기가 살아있다는 것을 주
위에 알리는 것 같았다.

"아무리 그래 보았자 너는 부처님 손바닥 위야."

다시 미끼를 던졌다.

물 위로 던져진 낚싯바늘은 물길을 따라 흘러 들어갔다.

"이번은 예쁜 참돔을 보여줘라."

낚싯바늘이 들어간 곳을 보며 말했다.

물속에서 낚싯줄을 당겼다.

"또 왔어."

들어가기가 바쁘게 물었다.

천천히 낚싯줄을 당겼다. 물속에서 요동치며 빠져나오려고 힘을 썼다.

"그래, 그렇게 힘을 써봐. 너는 내 손안에 있으니까."

힘겨루기하는 동안 이마에서 땀이 흘렀다.

"이놈 봐라."

물속에서 몸뚱이를 들어내지 않고 힘을 썼다.

"꽤 큰 놈이구만."

한동안 힘겨루기를 하였다. 물속에서 계속 끌다가 좌우로 흔들었다.

"물고기치고 꽤 영리한 놈이네."

줄을 풀고 감고를 연속으로 하며 힘 빠지기를 기다렸다.

낚싯대 끝이 붉은 기운으로 맴돌았다.

가까워질수록 물속이 청보라색으로 바뀌었다.

송림을 생각했다.

그때 송림은 찬바람이 불기 시작했다.

찬바람 속에 청보라색이 한들거렸다.

힘든 일을 마치고 생각도 할 겸 송림으로 들어가 청보라색 해국을 보고 있을 때 전화가 왔다.

아내가 아파트에서 떨어져 자살했다는 소식이었다.

정신이 없었다. 해국을 밟으며 송림을 허겁지겁 빠져나와 병원으로 찾아갔다. 병원에는 자살을 지켜본 아들이 울고 있었다.

"어이쿠, 이놈이."

다 잡은 참돔을 눈앞에서 놓쳤다.

다른 생각을 하자 당기는 것을 까맣게 잊어버렸다.

줄이 느슨하였을 때 줄을 팽팽하게 감았어야 했는데 그걸 하지 못했다고 자책하며 다시 물속에 미끼를 던져 넣었다.

낚싯바늘을 던져 넣으면 곧 물고기가 물었다. 이때부터 생각 없이 물고기를 끄집어내고 어망에 담았다.

"자, 시간이 되었습니다."

마이크 소리가 들렸다. 배가 물 위를 미끄러지듯 다가왔다.

물속에 던져 넣은 낚싯줄을 감아 가방 속에 넣고 배 위에 던져 놓았다.

"잡은 고기를 주시오."

어망을 들어 사무장에게 건넸다.

"꼭 이렇게 살려야 합니까?"

"친구가 횟집을 합니다."

어망에는 참돔과 돌돔 그리고 감성돔이 섞여 있었다.

"오늘 조황이 좋습니다."

선장이 어망 속의 물고기를 바라보았다.

배에 올랐다.

"여긴 물고기가 많습니다. 오늘 좋았습니다."

낚시꾼이 좀처럼 하지 않는 말을 했다.

곧 납닥슬픈여로 향했다. 거기에서도 조황이 좋은지 얼굴에 미소가 가득했다.

16

홍구는 어둠을 헤치고 천방산에 오르고 있었다. 숨이 턱턱 차올랐지만 보이는 것은 없고 숲이 검은 장막 같았다.

하얗게 보이는 길이 긴 뱀처럼 산허리로 자취를 감추고 그 길을 따라가면 다시 길게 나타났다.

산길을 따라가며 언젠가 가보았던 기억을 떠올렸다. 이쯤이면 어떻게 길이 나타날 거라는 막연함을 믿고 걸었다. 생각대로 길은 나타나고 또 사라졌다.

뭔가 오고 있다는 것에 놀란 산 짐승들이 후다닥 길을 비켜주고 그 소리는 검은 숲을 가르는 소리로 들렸다.

혼자 오르고 있었지만 무서움은 없었다. 자꾸만 공간에 가득 차는 물고기들의 눈동자와 숨 막히도록 팽팽한 긴장감 속에 살아왔던 몇 년간의 기억들이 자꾸만 떠올랐다.

"그려, 나는 이렇게 살 수는 없는 거여."

혼잣말을 하였다.

결심하고도 현실은 또 일상이었다.

두려운 것은 계속해 공간을 채워가는 눈동자들이 언젠가는 숨 막히도록 목을 움켜쥘 거라는 생각과 결국에는 터져버려 진공 속 공간으로 다 날아가 버릴 거라는 거였다.

성만은 어은댁과 늦장가를 간다고 새로운 것에 대한 두려운 모습을 숨기고 자꾸만 할 수 있다는 자기합리화를 하고 가끔 그 두려운 생각을 말했다.

"어이, 같이 살아보니 어떤가?"

막연한 말이었지만 그 말은 두렵다는 걸 밖으로 표출한 거라 생각했다.

성수도 두려움을 숨기려고 일에 매진하였다. 어떤 거에 매진하는 것이 두려움을 잊게 한다는 것을 평생 직장생활을 하며 배워 왔기 때문이다.

성호도 일하면서 어디론지 떠나버린 아내와 딸아이를 생각하며 물고기를 썰고 팔고를 반복하며 하루를 보내고 있다.

드디어 정상으로 가는 계단이 나타났다. 계단을 오르며 백팔 개였으면 좋겠다 생각하고 올라갔다.

계단 한 개에 한 가지씩 일하기 힘든 어려움을 입버릇처럼 말했다.

지난번 눈앞에서 죽어갔던 다금바리는 소의 눈처럼 순한 눈이었다. 성호의 예리한 칼에 눈이 파일 때의 충격적인 상황을 떠 올려보며 도리질을 했다.

성호는 아무렇지 않다는 듯 눈을 파내고 있었고 그 일을 숙명적으로 받아들이고 있었다.

"클래식 음악을 들으며 일을 하는 것이 그것이었나."

퍼뜩 숙명이라는 단어를 생각하며 혼잣말을 하였다.

"다 잊으려는 것이다. 일하면서 생명에 대하여 잔인한 일을 잊으려는, 지난번에 말했잖은가? 연민에 젖지 말라고. 그래 연민 같은 감정 따위는 잊어야 한다는 생각으로 음악을 듣는 거야."

그렇게 친구들의 입장을 자의적으로 해석하며 올라갔다.

정상에 있는 천방루가 시커멓게 나타났다.

뛰어올라가니 바람 한 점 없던 등산로와는 다르게 바람이 불었다.

천방루 위로 올라가 의자에 앉았다. 바람 소리가 산짐승이 숲으로 도망치던 소리처럼 획획 소리를 냈다.

멀리 산과 하늘의 경계에 또 다른 세상이 있다는 듯 허옇게 색칠하듯 나타났다.

"그래. 저것을 그리려고 화가인 형은 늘 밤잠을 설치며 그림을 그려낸 거지."

방안에서 보이지 않는 문밖의 상황을 그려내려고 캔버스 앞에 서서 고민하던 형을 떠올렸다.

"난 요즘 반 미쳤어. 그 상황에서 그림을 그렸고."

형은 술에 취해 말했다.

"뭔 그림을 그렸는데."

"이거 봐라."

"이거 안에서 보이지 않는 밖의 상황을 그렸네."

"한 달 동안 그린 거여."

얼굴을 보았다.

깡마른 얼굴에 비장함이 서려 있었다.

그렇게도 창살에 집중하더니 이번에는 문안에서 보이지도 않는 문밖의 상황을 그렸다.

그때 그림의 확장을 생각했다. 얼마 후 그 생각은 맞았다. 그때부터 화폭에 담긴 그림은 구상에서 비구상으로 천천히 바뀌었다.

"이 그림을 봐. 문안에서 문밖의 밝은 달의 모습을 이렇게 해봤어."

달무리가 달을 따라가고 있는 모습이었다. 그때 퍼뜩 달무리가 끼면 비가 온다는 말을 떠올렸다.

"곧 비가 오려나?"

형은 생선을 훔친 고양이처럼 눈을 동그랗게 뜨고 빤히 바라보았다. 그때 눈은 충혈이 되어 있었다.

"왜 그래 형."

"너는 내 마음을 그렇게도 빨리 읽는 거야."

형은 그 말을 하고 캔버스 뒤에 이름을 쓰고 사인을 하였다.

"이 그림을 너에게 준다."

그 말이 전부였다.

캔버스를 들고 화실을 나서며 생각했다. 보이는 것을 그리다가 그것이 확장되면 보이지 않는 것을 그리려 한다는 것이 화가들의 숙명이라는 것을.

"그려, 이 세상이 보이는 게 전부는 아닌 거여. 저기 저곳에 뭔가가 있는 거야. 그래서 숲과 하늘의 경계에 저렇게 선이 하얗게 보이는 것이고."

한동안 또 다른 세상을 생각해 보았다.

그 세상은 보이는 것이 전부가 아닌 거다.

한 마리씩 죽어감에 따라 눈동자들로 채워지는 공간을 보는 것과 같이. 그 세상을 찾아가는 것이 숙명이라는 것이지.

"다시 시작해 보는 거야."

운주사 큰스님으로부터 받은 지장본원경을 생각했다. 사경하다가 장롱 밑에 넣어두었다는 걸 생각해 다시 사경해봐야

서천

겠다 생각하였다.

문득 언젠가 가보았던 둔황의 모습을 떠올려 보았다.

천불동 가는 길에 모래바람이 불었다. 검은 아스팔트 길 위를 모래가 수많은 벌레처럼 꿈틀거리며 지나다녔다.

토굴 안의 벽화들. 그 벽화의 내용을 함축하면 모두 극락이었다. 불경에서 옮겨온 극락은 아름다웠고 사람들이 현세의 어려움을 잊고 마음은 극락에서 살게 하려고 그린 그림이라고 생각했다.

"극락을 생각해 이렇게 그린 것인가?"

반문해 보았다.

그것은 아니었다. 마음에서 요동치며 쌓여있는 의문을 풀어보자는 심산이 컸다.

천방루 바닥에서 결가부좌를 틀고 앉아 참선하였다.

수많은 기괴한 일들이 눈앞을 가로질러 어둠 속으로 날아갔다.

한동안 그대로 평상심을 유지하려고 현실과 싸움을 계속하고 있을 때 뿌연 안개 같은 것이 나타나 모든 어둠을 물리치고 있었다.

경계에 들었다는 것을 생각할 틈도 없었다. 몸이 두둥실 떠올라 하늘을 운행하고 있었다. 공간을 지나자 다른 세상에 들어왔다는 것을 직감적으로 느꼈을 때 눈을 떴다.

벌써 날이 밝아 있었다. 그 자리에 앉아 지금까지 느꼈던 순간들을 생각해 보았다. 한 번도 느껴 보지 않았고 가보지 않은 어딘가는 분명 있었다.

맑은 머리와 상쾌함이 따라왔다. 천천히 천방산을 내려오며 주변의 푸른 숲을 바라보았다.

"그래, 그물에 걸리지 않는 바람처럼 내 마음도 그렇게 살아야 하는 거지."

지장본원경만 생각하며 내려왔다.

"오늘은 늦었네."

성수가 다가와 말했다.

"일이 있었어."

"집안일은 아니지."

"그럼."

"부인이 왔다 갔었네. 사람이 사라졌다며 걱정하데."

"그런 일이 있었어."

"성만이 찾았어. 목포서 물건 가져왔다 더 만."

"자연산이 있던가?"

"참돔허고 감성돔을 받았네."

참돔과 감성돔은 자연산과 양식은 쉽게 구별할 수 있다. 물고기를 파는 사람들은 꼬리만 보면 알 수 있는 일이다.

꼬리지느러미에 v 자가 깊게 파이면 자연산이고 수평에 가까우면 양식이다.

거친 물길을 헤치고 다니려면 꼬리지느러미를 많이 써 자연히 깊게 파일 수밖에 없고 양식은 그런 일이 없어 평평하다.

또 한 가지는 참돔과 감성돔의 경우 자연산과 양식을 비교해 보면 확실하게 표시가 나는 것이 있다. 색깔이다 무늬의 색깔이 진하면 양식 연하면 자연산이다.

"어디 갔다 왔능가?"

성만이 다가온다.

"좀 마음이 심란해서."

"이 사람 또."

성만은 홍구의 심란한 마음이 무엇인지 잘 알았다.

성수는 그것을 모르기 때문에 둘이서 무슨 말을 하는지 알 수 없었다.

"무얼 가져왔는가?"

"광호헌티 자연산 몇 마리 가져왔네. 이 친구가 자연산은 두 마리는 가져갔고 네 마리만 남았네."

"그려, 다 여그다 넣어."

성만은 곧 자연산 참돔과 감성돔을 수조 안에 넣었다.

"이번 거는 좀 활발허지 못허네."

"왜."

"광호가 갯바위 낚시에서 잡은 거라 살려서 가져오기 힘들 었을 거여."

"그런가?"

수조 안에서 천천히 움직이는 참돔과 감성돔을 바라보았 다. 자연산이 틀림없다는 듯 꼬리지느러미가 깊게 파여 있었 다.

"자네는 자연산만 받는가?"

성수가 수조 안을 바라보고 있는 홍구에게 말했다.

"자연산이 없으면 모를까 있는데 안 받을 이유가 없잖여."

"자연산은 비싸고 팔리지도 않는데."

"허지만 사는 놈은 사지."

"그런가?"

저렇게 생각해야 장사가 잘되나 생각하며 가게로 돌아갔 다.

"어은댁 잘 있는가?"

"그럼."

"어딜 갔다 온 거여."

"천방산."

"어젯밤부터?"

"마음이 심란했다니까."

"아내도 있으니 딴생각은 말게."

"자네는 별이 운행하고 운무가 운행하는 새벽하늘을 본 일 있는가?"

"먼 운행인가?"

"그런 것이 있네."

"이 사람 또 그 생각허는가?"

성만은 안타깝다는 듯 혀를 차며 어은댁이 있는 2층으로 올라갔다.

2층으로 올라가며 홍구가 곧 떠날 거라 생각을 했다.

친구들이 가자, 수조 앞에 쭈그리고 앉아 방금 들어온 참돔 두 마리와 감성돔 두 마리를 바라보았다.

어망 속에서 시달렸는지 비늘이 몇 조각 빠져있었지만 거기에 아랑곳하지 않고 힘차게 움직였다.

동족을 아는지 참돔은 참돔끼리 감성돔은 감성돔끼리 두 부류로 움직였다. 양식산도 있었지만 그들은 양식과는 같이 있지 않았다.

"이놈들도 다 종족을 구분허는구만. 자연산과 양식도 구분 하고 양식인 돔들과는 함께 있지도 않아."

혼잣말을 하자 그것을 알아듣기라도 하듯 빤히 밖을 내다 보며 입을 끔벅거렸다. 까만 두 눈동자는 바다를 떠올리는지 슬펐다.

"그래, 조금만 기다려 봐. 슬프지 않을 것이니."

그렇게 말하고 지난 세월을 떠올려 보았다.

전쟁하여 잡아온 사람은 삶을 포기했는지 당당했다.

"그려, 조금만 기다려 슬프지 않을 것이니."

그 말이 끝나면 곧 다시는 돌아오지 못할 곳으로 보냈다. 살벌한 살기가 가득한 현실이었다.

그걸 잊기 위해 그 세계에서 나왔고 잊으려 했다. 하지만 그것이 없었던 것으로 돌아가는 것은 아니었다.

자리에서 일어나 집으로 갔다. 아내는 무슨 일이 있었는지 살피기만 하였다. 장롱 밑에서 지장본원경을 꺼냈다.

아내는 올 것이 왔구나, 생각하며 잡혀온 물고기처럼 눈치만 살폈다.

17

  부산에서 돗돔을 전문으로 잡는 낚시꾼한테 한자리 있는데 같이 가볼 의향이 없는지 물어왔다.

  생각할 것 없이 가겠다고 말하고 날짜를 받았다.

  전화를 받고 들떠 있을 때 홍구로부터 만나자는 연락이 왔다.

  서천집에서 광호와 홍구가 만났다.

  "오늘도 낚시 다녀왔는가?"

  광호를 보며 한 일성이었다.

  아들 문제 때문인지 광호의 얼굴이 수척해져 있었다.

  "요즘은 낚시도 재미가 없네."

  "현실도피로 낚시하러 다닌다는 것을 알고 있었네."

"오늘은 둘뿐이여?"

선천댁이 상차림을 생각해 끼어들었다.

"오늘은 둘이서 취하게 마셔 볼라고."

홍구가 말하자 서천댁이 주방으로 들어갔다.

"오늘 친구들 안 오나?"

광호도 알지 못했다.

"이렇게 둘이서 만난 것이 얼마 만인가?"

집안일 때문에 노심초사하는 것을 알고 있었다.

그사이 서천댁이 술상을 차려 테이블 위에 내려놓았다.

홍구는 좀처럼 오늘 할 말이 무엇인지 꺼내 놓지 않았다.

"자, 한잔혀."

잔을 받자 자기가 마실 술잔에도 술을 채웠다.

늘 첫 잔을 마실 때 목으로 넘어가는 술의 기분은 묘했다.

타는 듯 아프다가 서서히 좋아지는 느낌, 그 때문에 술을 마시고 또 마셨다. 그러면 어려운 일들을 잊게 했다.

"자식 때문에 걱정인가?"

"요즘은 말할 수도 없네."

"요즘도 사고치고 다니는가?"

"사고가 문제인가? 집으로 들어와 행패를 부리네. 행패 때문에 집에 들어가기도 싫고."

연민에 젖어 슬픈 모습을 하는 광호에게 술잔을 채워주었다.

술이 채워지기가 바쁘게 술잔을 비웠다.

"자네 중독되것어."

취하는 것이 최상의 방편처럼 취하려고 술을 마셨다.

"요즘 중독되었으면 하고 술을 마시네."

"중독되면 다시 돌아갈 수 없는 길이여."

"그런가?"

"조심허게."

"지가 속만 차리면 팔뚝을 달라면 팔뚝을 잘라 주고 눈깔을 달라고 하면 눈깔을 빼 주련만."

광호는 술 몇 잔에 취했다.

빈속에 매일같이 술을 마셔 이미 중독까지 이르렀다는 것을 잘 알고 있었다.

"곧 여그를 떠날 거여."

광호를 보며 말했다.

"어디로 떠나?"

"결정했어."

"뭘?"

"곧 절로 들어갈 예정이네."

"스님이 된다는 거여."

"그렇게 되는 것이지. 요즘 불경을 필사하고 있네. 필사하고 있으면 마음이 그렇게 편해. 지금은 지장본원경을 사경하지만 다음엔 금강경과 천수경까지 해볼 작정이야."

홍구의 얼굴은 비장함이 있었다.

"아내는 어떻게 허구."

"나 같은 놈 만나서 미안허기도 허구."

"이 사람아, 생각 좀 더해보게."

"고민이 많았어."

"홍구수산도 잘되고 있고 가정도 원만허다 생각혔는디."

"보기에는 그렇겠지."

"아들놈은 이미 알코올 중독이여. 아무리 말려도 사고를 연속으로 치고 다니지. 이제 나도 지쳤고."

홍구가 자기의 어려움을 표하자 동병상련이나 된 것처럼 말했다.

"중독이면 자기 의지로 중독을 떨치지 못허는 거여. 그래서 힘든 거고."

"이제 나도 중독이 되어버렸어. 자식과 아비가 동시에 중독되었으니 참 기구한 운명이 아닌가?"

광호는 이야기하면서도 그 틈에 자기 술잔에 술을 따라 마셨다.

"현실도피를 위해 술을 마시고, 낚시 다니며 스스로 고립을 만드니 그렇게 되는 거여."

"미안허네."

"내가 여길 떠나면 내 가게를 맡아주게. 낚시만 다니지 말고 집안을 돌아봐."

"낚시라도 다니지 않았으면 미쳐 버렸을지도 모르지."

"그러니 가게를 허면서 길게 시간을 가지게."

"생각해 보겠네."

"다 업보 것이네, 업보. 나도 업이 있어 절로 들어가는 거고."

그 말을 하고 눈을 감았다.

광호는 그 모습을 보며 술만 마셨다.

서천댁은 옆자리에서 두 사람의 이야기를 경청하고 있었다.

"여자헌티 그러면 안된당께."

"서천댁도 들었당가?"

"나도 귀가 있고 눈이 있어."

"술이나 가져와."

광호는 이미 취해 술병을 흔들었다.

현실도피하듯 낚시에 몰두하고 있는 것이 안타까웠다. 친구들과 경쟁하듯 일에 몰두하다 보면 가정도 자기 몸도 되찾을 날이 올 거라 생각했다.

흥구는 주변을 하나하나 정리해 나갔다.

광호는 마지막 출조를 한다는 심정으로 돗돔 낚시를 기다렸다.

출조를 떠나던 날 홍구수산을 맡겠다고 하였다. 홍구는 그것으로 마지막 남은 숙제를 해결하였다.

낚시를 수없이 다녀 보았지만 돗돔 낚시는 처음이었다.

심해에서 올라오는 엄청나게 큰 돗돔을 생각만 하여도 가슴이 벅차올랐다. 낚시에 따른 부대비용을 부치고 날짜만 기다렸다.

한 번 보았지만 누구인지 선명하게 떠오르지 않았다.

"목소리로 사람을 생각나게 하는 건 좀 힘들어. 벌써 나이가 든 거지."

혼잣말로 중얼거렸다.

돗돔 낚시를 기다리는 동안에도 아들놈은 크고 작은 사고를 쳤다.

큰 사고는 아니지만 술 마시고 술값을 내지 않았다는 사소한 것과 취한 사람과 옥신각신 한 일, 술을 마시다 기분 나쁘게 바라보았다는 것이 원인이 되어 싸움한 것들이었다.

사소하지만 사소하지 않은 이런 것들을 해결하려면 상대방을 만나고 아들의 일방적인 말과 그들의 일방적인 이야기를 죄인처럼 들어주어야 했다. 이런 것들이 쌓여가며 사람을 황폐하게 하였다.

잘 아는 정신건강병원에 찾아가 상황을 말하니 듣기에도 생소한 공황장애라고 하였다.

스트레스의 원인을 의사에게 말하자 의사는 이걸 극복하려면 초기라 어떤 일에 집중하다 보면 모든 것이 사라진다고 말했다.

병원 문을 나서며 이상한 의사라 생각하였다. 누가 자식이 저지른 일에 대하여 외면할 수 있겠는가?

많은 일을 이겨 내려면 자기를 학대하며 집중하는 낚시가 제격이었다.

일에 중독이 돼 일할 때는 무엇 때문에 이렇게 일해야 되나 반성하기도 했지만, 그것이 스트레스에 쌓여있는 사람이 공통적으로 가지고 있는 행위라고 의사는 말했다.

하지만 이제는 일을 집중할 입장이 아니었다. 일하고 있으면 아들이 시도 때도 없이 찾아와 괴롭혔다. 차라리 보지 않으면 마음이 편해 낚시를 선택했다.

부산에서 돗돔 낚시를 하는 사람들을 만났다.

언젠가 처음 보았지만 한눈에 알아볼 수 있었다.

간단하게 인사를 하고 성공적인 낚시를 하자며 이야기하고 있을 때 용선을 한 배가 서서히 안벽 앞으로 진입하였다.

"저 배입니다."

낚시꾼 김씨가 말했다.

"여깁니다."

배에서 선장이 고개를 내밀었다.

준비부터 달랐다. 오직 한 팀만을 위한 배였다.

온통 하얀색으로 칠하여진 하얀색 배였다. 갑판 위에는 청색 의자와 테이블이 고정되어 있었다.

호화 요트 같은 배였다.

배의 이름이 배와 어울렸다. 배 옆구리에 퀸이라는 보라색 글씨가 영어로 쓰여 있었다.

용선을 한 배에 다섯 명이 가방을 하나씩 들고 올라갔다.

사람을 확인한 선장은 가겠다고 말하고 배를 후진시켰다.

쾌속으로 배가 한없이 달렸다. 곧 망망대해로 진입하였다. 바다 위에는 뿌옇게 배가 지나간 흔적이 따라오고 있었다.

거품을 바라보고 있자 여러 사람의 얼굴이 떠오르다 사라졌다. 아들의 모습은 악귀처럼 나타났다가 거품과 함께 사라졌다.

"그려, 너는 너의 인생을 사는 거여. 애비는 그냥 그 길에 보탬을 줄 뿐이고."

곧 없어져 버릴 거품을 바라보며 생각에 잠겨 있었다.

"도착하려면 최소 열두 시간은 가야 합니다."

김씨였다.

김씨는 생각을 방해하지 않으려는 듯 가까이 다가와 조용하게 말했다.

"그렇게 멀리 갑니까?"

김씨를 바라보았다.

"대한해협 끝까지 갑니다."

"월선도 하는 건가요."

"종종 그렇게 됩니다만 선장이 알아서 월선은 하지 않을 겁니다."

"자! 한잔하고 쉽시다."

이야기하고 있을 때 허씨가 소리치며 말했다.

갑판에 있는 의자에 앉아 술을 마시고 일행에게 잠을 자둬야 한다며 선실로 내려갔다.

김씨는 먼바다를 바라보며 의자에 앉아 있었다.

"안 내려갑니까?"

한동안 앉아있던 김씨가 일어서며 말했다.

"잠이 안 올 것 같습니다."

"그럼 내려가겠습니다."

일행이 내려간 곳으로 내려갔다.

그 자리에서 남아있는 술을 모두 마시고 바다를 바라보았다.

오늘까지 아들은 사고를 치고 다녔다. 새벽까지 술을 마신 아들은 악귀의 모습으로 나타나 손을 벌렸다.

"술값이 없어요."

만취한 목소리였다.

"너 중독되면 돌이킬 수 없게 돼."

달래듯 그렇게 말했지만 이미 아들은 중독된 상태라는 것을 알고 있었다.

가지 않으려는 것을 달래 전주에 있는 알코올 전문병원에서 진료를 받게 하였다. 그때 나온 것이 알코올 중독이었다.

"중독입니다. 이제 특별 관리를 해야 합니다."

그 특별 관리라는 것은 병원을 들락거리며 약을 받아먹고 입퇴원을 반복하라는 것이었다.

"병원에 왔으면 나아야 하는 거 아닙니까?"

의사에게 항의 아닌 항의를 하였다.

그때 아들이 작성하는 문답지를 어깨너머로 보며 아들이 표시하는 것을 보았다. 아들의 생각과 같았다. 아들과 같이 중독에 되어버린 거였다.

아들은 젊어 온갖 광기를 부렸지만, 힘이 없어 아들과 함께 할 수는 없었다. 늘 마음 한구석에서는 아들과 같은 광기가 있었다.

아들과 다른 것은 광기를 억누르느냐 마냐였다. 광기를 억누르는 방법을 말했만 아들은 들은 척도 하지 않았다.

일상처럼 다가오는 광기의 연속, 그 광기를 지켜보고만 있을 사람은 없었다.

경찰서에 끌려다니는 것이 일상이었다. 경찰서를 가는 날에는 늘 같은 말을 반복했다.

"개새끼들."

그 속에는 잘못이 없는데 이렇게 되었다는 분노도 섞여 있었다.

잘못을 훈계하면 또 이렇게 말했다.

"개새끼들이 잘못이 없는데 돈 뜯어내려고 일부러 저러는 거요."

자기합리화와 변명이 전부라는 것을 알았지만 그 말은 하지 않았다.

그것을 아들만 빼고 다 알았다.

경찰서에서도 조서를 쓰는 경찰은 그것을 다 알고 조서를 썼다.

언젠가는 아들도 변명이 다 소용없는 일이라는 걸 알아차릴 날이 있을 거라 생각하고 말하지 않았지만 늘 점입가경이었다.

"너 아버지와 함께 죽자."

오늘 아침에는 그렇게까지 하였다.

둘이 똑같이 중독되었으니 죽자는 거였지만 아들은 그렇게 해석하지 않았고 또 반복되는 변명만 하였다.

지난번에는 앞에서 이렇게까지 말하고 취한 몸을 가누지 못해 쓰러졌다.

"아버지가 죽으면 다 내 재산인디 뭐 하러 내가 일을 하고 신경 써."

처음 듣는 말은 아니었다.

늘 누구를 통해 들었던 말이었지만 면전에서 들으니 기가 막혔다.

이제 술만 들어가면 정신을 놓아버렸다. 상대방을 생각하지 않고 자기 하고 싶은 대로 다하였다.

"아버지. 왜 내가 이렇게 되게 놔뒀어요."

이 말을 듣고 이놈이 이제 정신 차리나 보다 생각도 하였지만 그 말은 속에 든 말이 아니었다.

"그려, 생각을 말아야 돼. 이제 돗돔만 생각하는 거여. 무지허게 큰 돗돔."

남아있는 술을 모두 마시고 테이블에 엎드려 잠을 잤다.

꿈속에서 집채만 한 돗돔과 싸우다 눈을 뜨곤 하였다.

"다 왔습니다."

확성기로 선장이 선실에서 자는 사람을 깨웠다.

갑판 위 테이블에서 쭈그리고 자고 있다 일어났다.

온통 섬 하나 보이지 않는 푸른 바다였다.

수평선만 보였다. 섬이 가까운 곳에서의 낚시가 아니었다.

서천

일행은 낚시를 준비하느라 바빴다.

바다 위의 낙엽처럼 홀로 떠 있는 느낌이 바로 그 느낌이었다. 일행 중 김씨가 다가오며 말했다.

"초짜가 복 있다 하였습니다."

미소를 보냈다.

"여긴 미끼로는 붕장어를 써야 합니다. 그놈들은 붕장어를 좋아해 한입에 들이킵니다."

김씨가 이렇게 해보라는 듯 붕장어 등에 낚싯바늘을 꿰었다.

시퍼런 바다가 모든 걸 삼켜 버릴 것만 같았다.

"대한해협이 바로 앞입니다. 이 구역은 바다 밑이 바위로 되어있고 그 틈으로 돗돔이 산란하러 옵니다. 백오십 미터로 고정해 낚시하십시오."

선장은 신참이 있어 자세하게 설명하는 것 같았다.

"이런 망망대해에서 낚시 포인트를 선장은 어떻게 압니까?"

김씨에게 말했다.

"그러니 낚시꾼들이 이 배를 타지요. 이놈들은 칠백 미터 수심에서 활동하는 놈들입니다. 이때만 백오십 미터까지 올라오고요."

채비를 마친 김씨가 먼저 낚싯바늘을 던져 넣었다.

미끼인 붕장어가 빠져나오려고 요동을 쳤다.

"저걸 봐요. 저러니 참겠어요."

김씨가 물속으로 내려가는 붕장어를 보라고 말했다.

광호는 이건 낚시가 아니라 사투를 벌이는 스포츠 경기라 생각하며 생미끼인 붕장어 등에 낚싯바늘을 꿰었다.

동행자들이 보라는 듯 능숙하게 미끼를 물밑으로 내려보냈다.

기다려 보았지만 꼼짝하지 않았다. 너무 깊어 느낌도 없었다.

"이놈들은 그냥 있으면 됩니다. 이놈들이 알아서 물고가니까요."

김씨는 베테랑답게 말했다.

마냥 기다렸다. 머릿속으로 붕장어는 바닥에 내려앉아 낚싯바늘에서 빠져나오려고 움직일 것이고 그걸 본 돗돔이 한입에 덥석 삼키리라 생각했다.

"이놈들은 암수가 같이 다닙니다. 누가 먼저 걸었을 땐 협력하여 끄집어내고 다시 마저 잡기 위해 이 자리에서 기다려야 합니다."

김씨는 기다리기가 따분한지 자꾸만 말을 하였다.

"그렇군요."

광호도 호응한다는 표정으로 건성으로 대답했다.

사이렌 소리가 들렸다.

먼 곳에서 배 한 척이 다가오고 있었다.

일본 배였다.

일본어로 무어라 말하자 선장이 응대하였다.

일본 순시선은 접경지역이 가까웠으니 조심하라는 소리였고 선장은 알았다고 응대하였다.

낚싯배라는 것을 안 일본 순시선은 그 말만 하고 멀리 사라졌다.

"늘 저렇다니까?"

김씨가 멀어져 가는 배를 향해 일갈했다.

"대한해협을 넘었나요."

"아니죠. 근처라고 말하는 겁니다."

"저놈들이 용케도 알고 왔군요."

"설령 넘었다 할지라도 낚시꾼이라는 것을 안 이상 그냥 갈 겁니다."

"그런데 왜 순시선이 여기까지 옵니까?"

"국경 순시선이니까요."

"우리가 여기까지 와야 하는지 모르겠습니다."

"여기가 포인트라는 겁니다. 이곳에서 가까운 곳엔 수심이 칠팔백 미터라 그놈들이 활동하는 곳입니다. 그곳은 일본 수역이고요."

"그래요."

"섬나라 일본 사람들의 낚시 문화는 우리보다 깊어요. 낚시꾼들의 입장을 생각해 약간 넘어가도 다 봐줍니다."

멀어져가는 순시선을 바라보고 있을 때 뭔가가 툭툭 치는 느낌을 받았다. 김씨가 한 말을 떠올리며 가만히 있으면 알아서 물어준다는 말을 떠올렸다.

"뭔가 툭툭 치는 느낌이 있네요."

옆에 있는 김씨에게 말하자 낚싯대 끝을 바라보았다.

"기다려요. 알아서 차고 나갈 때까지."

김씨가 다급하게 말했다.

얼마가 지나자 물속에서 뭔가가 낚싯대를 끌어당겼다. 이때다 싶어 낚싯대를 들어 올렸다. 묵직한 손맛이 아니었다. 마치 가을철 운동회 때 줄다리기를 하듯 끌어당겼다.

"걸렸다."

김씨가 낚싯대가 휜 것을 보고 말했다.

"이건 고래 아닙니까?"

언젠가 상괭이를 걸었을 때의 느낌을 생각해 말했다.

그때 상괭이와 두 시간 가까이 시름하다 뭍으로 끄집어냈다.

주변에 있던 낚시꾼들의 도움이 컸다. 끌려 나오면서도 입가에 미소를 짓고 있었다. 돌려보내 주며 웃는 상괭이라 별명 지었다.

서천

이놈도 그때와 다름없었다. 전동 릴이 자동으로 풀었다 조였다 반복하였다. 손으로 릴을 돌렸다. 한 시간 가까이 낚싯대와 시름하자 옆에서 베테랑 김씨가 낚싯대를 받았다.

"어이쿠, 이놈은 크네."

김씨가 생각보다 무겁다는 것을 느꼈는지 힘을 주며 말했다.

멀리서 그 모습을 바라보던 허씨가 다가오며 말했다.

"시발, 오 년을 기다렸는데."

"한 놈 더 있으니 기다려봐."

김씨의 말이 떨어지자 허씨가 제자리로 돌아가 낚싯대를 바라보았다.

"너무 커. 기다려라, 얼굴 한번 보자."

김씨는 손에 힘을 주었다.

김씨가 삼십 분을 버텼다.

광호가 바꿔 잡고 바닷물 아래에 있는 물고기와 버티고 섰다.

팽팽한 긴장감 속에 평형을 유지하고 있었지만 가끔 물밑에서 힘을 썼다. 그때마다 낚싯줄에서 고음의 쇳소리를 냈다.

"도대체 어떻게 생긴 놈인가?"

혼잣말하며 옆에 있는 김씨를 바라보았다.

"저건 백 프로 돗돔입니다. 이렇게 힘을 쓰다가 어느 순간이 되면 거품이 올라옵니다. 그 순간이 되면 이놈이 물속에서 올라오는 겁니다. 거품을 품어내면 이놈들이 부력을 조정하기 위해 공기를 뿜어내는 겁니다. 그때를 기다려야 합니다."

"움직인다. 움직여."

그렇게 말하며 낚싯대를 다잡았다.

전동 릴이 느슨해지면 감았다. 윙 소리를 내며 빠르게 릴이 돌아가다가도 버티면 멈추었다.

"이놈 봐라."

낚싯대를 계속 들어 올렸다.

"자, 이제 됐어요."

김씨가 옆에서 힘주어 말했다.

다른 사람들도 자기들 낚싯대를 거치대에 고정시키고 달려왔다.

수많은 낚시에서 경험했던 것은 물 밖으로 모습을 보이면 승리로 끝난다는 거였다.

제아무리 큰 놈이라 해도 물 밖으로 모습을 보이면 쉽게 끄집어낼 수 있었다. 물 밖으로 모습을 보이는 순간 물고기들은 공기를 들이마시고 힘이 빠져 버린다는 것을 잘 알고 있었다.

"이제 물속 바위굴에 몸을 의지할 수도 없으니 포기해라 바위굴은 최소 백 미터 아래에 있는 것이고."

감겨있는 낚싯줄을 보며 말했다.

"자, 올라옵니다."

김씨가 옆에서 응원하였다.

팽팽했던 낚싯줄이 느슨하게 풀렸다. 그때를 기다렸다는 듯 전동 릴을 빠르게 감았다.

"저기 보인다!"

김씨가 소리쳤다.

돗돔이 내뿜는 흰 거품이 심해에서 올라왔다.

사람들이 다 모여들었지만 허씨는 그대로 낚싯대만 바라보고 있었다.

"시발, 나는 무엇인가. 오 년 동안 이놈들 입질 한 번 받아보지 못하고 있으니."

얼굴이 벌겋게 달아오른 허씨는 김씨와 광호가 낚싯대의 줄을 당겼지만 눈길도 주지 않았다.

드디어 시커먼 물체가 물속에서 끌려 나오고 있었다. 상식적으로 낚시로는 잡을 수 없는 물고기였다.

"낚싯대에 집중해야 합니다. 우리가 끄집어낼 거니."

물 밖으로 모습을 보이자 김씨가 소리쳤다. 조타실에 있는 선장도 그 모습을 문밖으로 바라보고 있었다.

"돗돔입니다."

선장이 확성기로 소리를 질렀다.

사람들은 이것을 어떻게 배 위로 끄집어 올릴까 하고 여러

시도를 하였다. 뜰채는 필요 없는 물고기였다.

"자, 벌리고 있는 입을 잡아요. 그 방법밖에는 없습니다."

선장이 아가미를 잡으려고 시도하고 있는 김씨를 향해 말했다.

"이거 아가미 속에 손가락을 집어넣으면 되는 데 벌리지 않네."

김씨가 끄집어 올리려고 애를 쓰고 있었다.

선장의 말대로 벌리고 있는 입속에 손가락을 집어넣었다 뺐다.

"무서워하지 말아요. 돗돔은 이빨이 없습니다. 입속에 집어넣고 입술을 잡아야 올릴 수 있는 유일한 방법입니다."

선장이 이해시키려고 소리쳤지만 김씨도 그 사실을 알고 있었다.

돗돔이 배에 기대고 철푸덕 거렸다.

"이놈 봐 아직도."

김씨는 그 말을 하고 벌리고 있는 입속에 손가락을 넣어 입술을 잡고 있었다.

"자, 밧줄을 가져와."

김씨가 소리치자 일행이 밧줄을 가져왔다.

입속으로 밧줄을 집어넣고 아가미를 통해 밖으로 빼냈다.

"자, 이제 합심하여 들어 올려야 합니다."

선장의 지시에 따라 힘을 합했다.

"자, 합심하여 들어 올려요."

돗돔은 자기 무게를 이기지 못하고 힘이 빠졌는지 축 처져 있었다. 방금까지 힘을 쓰던 돗돔은 사람들의 처분을 기다리고 있는 것 같았다.

돗돔을 끄집어내 배 바닥에 올려놓았다. 힘을 쓰던 김씨의 이마에서 땀이 맺혀 있었다.

"이놈을 들어봐요. 사진이라도 찍어놓게."

선장이 소리쳤다.

돗돔을 힘주어 들어 올리자 끔쩍하지 않았다. 돗돔과 같이 누어보니 키보다 컸다.

"이게 몇 킬로나 나갈까요."

김씨가 선장에게 말했다.

"백 킬로가 넘을 겁니다."

선장이 내어준 저울로 재어보니 정확히 백십오 킬로였다.

돗돔을 잡은 기분을 만끽하고 창고에 얼음과 함께 저장하였다.

"자, 한 놈을 마저 잡아야 합니다."

김씨가 흥분하고 있는 팀들을 향해 말했다.

"용왕님께 기도라도 드려야 점지해 줄 건지."

허씨가 낚싯대를 바라보며 혼잣말을 했다.

광호는 의자에 앉아 성만에게 돗돔을 잡았다고 전화하고 있을 때 김씨가 소리쳤다.

"왔다."

김씨의 낚싯대가 활처럼 휘었다.

암수가 같이 다닌다는 말이 맞았다.

김씨는 똑같은 방법으로 한 시간 만에 돗돔을 배 위로 끌어올렸다. 백십 센티였고 무게는 90킬로였다.

돗돔을 잡으면 팔지 않고 잘 아는 횟집으로 연락하여 지인들과 같이 나누어 먹는 것이 이들의 불문율이었다.

광호는 그것을 잘 알고 있어 그 자리에서 서천으로 초대한다고 말하였으나 그들은 먹은 거나 진배없다 말하고 사양하였다.

18

돗돔이 서천으로 온다는 말이 특화시장에 쫙 퍼졌다.

성만은 돗돔을 2층 어은집으로 가져갈 요량으로 친구들에게 어은집에서 만나자고까지 하였다.

부두에서 크레인으로 돗돔을 차에 싣고 얼음으로 상하지 않게 쌓았다.

광호는 전설의 물고기를 잡아서인지 얼굴이 환했다. 같이 낚시를 했던 사람과 헤어지고 특화시장 어은집에서 만나기로 약속하고 먼저 출발하였다.

성만은 특화시장으로 가는 동안 온갖 생각을 다 했다.

이 기회에 어은댁과의 관계를 공고히 해야겠다고 생각했다.

2층으로 올리는 것도 문제였다. 백 킬로가 넘는 물고기를 좁은 계단을 통해 2층까지 끌고 올릴 수는 없었다.

냉장고를 올렸던 뒤편 창을 통해 이삿짐센터 크레인으로 올려야 한다 생각해 성수에게 부탁하여 이삿짐센터의 크레인을 대기시켜 달라는 말도 하였다.

소식을 들은 상인들이 성만의 차가 오기를 기다리고 있었다. 광호는 먼저 도착하여 맨 앞에서 성만을 기다렸다.

도착하자 돗돔이 어떻게 생겼는지 보려고 상인들이 얼굴을 디밀었다.

"자, 이게 돗돔여."

광호가 사람들이 보일 수 있도록 포장을 벗겼다.

얼음에 쌓인 돗돔의 실체가 드러냈다.

"저게 괴물여 물고기여."

특화시장 상인 한 사람이 그렇게 말하고 벌릴 입을 다물지 못했다.

"저거이 돗돔이라는 놈여. 용왕님이 점지해 줘야 잡는다는 전설의 물고기."

성호가 사람들이 들으라는 듯 크게 말했다.

"자, 뒤편으로 갑시다."

성수가 말했다.

특화시장 뒤편에는 이삿짐센터의 크레인이 대기하고 있었다.

돗돔을 어은집으로 옮겼다.

성호가 돗돔을 해체하기 위해 준비를 해 놓은 상태였다.

성호는 직접 해체해 보고 싶은 꿈의 물고기가 올라오자 마음을 다잡았다.

"그려, 이제 처음으로 이 물고기를 사람들 앞에서 해체하는 거여. 꿈의 물고기를."

부산 횟집에서의 생활을 생각했다.

돗돔이 들어오는 날이면 그 큰 횟집은 잔칫집 풍경이었다. 주인은 돗돔에 손도 못 대게 하고 자기가 직접 돗돔을 해체하였다.

부위 부위를 썰어내며 혼잣말처럼 했다. 이건 간이고 이건 대장 이건 위, 위를 잘라내 위장 안에 무엇이 들어있나 살펴 보았다.

큰 물고기를 도마 위에 올려놓을 수 없어 바닥에 내려놓았다.

"친구들 이리로 붙어서 이걸로 비늘을 벗겨."

비늘을 벗겨내는 갈퀴손을 주었다.

"이거 피크로 써도 되것어."

성수가 오색으로 빛나는 비늘 한 개를 들어 올렸다.

초등학교 때 썼던 책받침 같았다.

화살촉처럼 뾰쪽하게 벌리고 있는 등지느러미는 삼지창 같았다.

"이걸로 이순신 장군이 삼지창을 만든 거 아녀."

성수는 돗돔의 여러 부위를 세밀하게 살피며 말했다.

"그렇게 벗기지 말고 사선으로 벗겨야 혀."

비늘이 잘 벗겨지지 않자 성호가 숙달된 조교처럼 시범을
보여주었다.

"알았어. 이리 줘, 이 일은 내 일이니."

성수가 다시 갈퀴손을 건네받았다.

비늘만 벗겨내는데 셋이서 30분이나 걸렸다.

어은댁이 비늘을 빗자루로 쓸어 대접에 담았다.

"그거 몇 키로나 나가나 저울에 올려봐."

성만이 어은댁을 바라보았다.

비늘의 무게만 삼 킬로 오백이나 되었다.

"괴물은 괴물이여."

성수는 벗긴 비늘을 바라보았다.

이번에는 클래식 음악이 아닌 북소리가 들렸다. 사람들은
성호 차례라는 것을 금방 알았지만 난데없는 북소리에 어리
둥절했다.

"먼저 머리부터 자르고."

성호가 사람들이 들으라고 혼잣말을 하였다.

어렵게 돌려가며 머리를 분리해 냈다.

"이거이 괴물 같은 대가리 랑께."

홍구는 이미 생명이 다했지만, 눈동자는 살아있어 자기를 바라보고 있는 돗돔을 자세히 바라보았다.

"저놈이 무얼 보는 거여?"

아직 광채가 있는 눈을 유심히 바라보았다.

괴물영화를 보았을 때 한강에 나타나 사람을 잡아먹던 그 괴물과 흡사한 물고기였다.

"인자 죽은 놈이어."

홍구의 마음을 아는지 성수가 말했다.

"눈은 죽어도 한동안 살아있다 안 혔능가?"

"죽은 지 얼마나 됐는디 지금꺼정 살았단 말이여."

"난 아직 죽지 않았다 생각혀."

성호는 잘린 머리를 들어 사람들에게 보여주고 도마 위에 올려놓았다.

맨 처음 볼살을 도려내 잘게 썰어 접시 위에 올려놓았다.

"이게 최고로 맛있는 부위여. 한 점씩 혀봐."

그렇게 말하고 먼저 한 점을 입에 넣고 우물거렸다.

친구들이 한 점씩 서둘러 가져가 입에 넣었다.

"친구들 다 여그 있었구먼."

상준이었다.

"고귀헌 분이 여근 웬일여?"

아직도 앙금이 남아 있는지 성수가 상준을 바라보았다.

"소식을 듣고 왔어. 그렇게 고깝게 생각허지 말어. 자네도 노조위원장을 혀 봤잖여."

"먼 소리여. 여그서 노조위원장이 왜 나와."

일촉즉발이었다.

"이런 잔칫날에."

홍구가 두 사람 사이의 싸늘한 기운을 잠재우러 끼어들었다.

"칼 쓰는디 조용히 혀."

성호도 나섰다.

"친구끼리 험악하네."

성만이 친구들을 바라보았다.

"내가 낄 자리는 아닌갑네. 나 가네."

그렇게 말하고 서운한지 주위를 한번 둘러보았다.

"아따, 뭘 그리 서운허게 생각혀. 이거나 한 점 혀."

어은댁이 볼살이 담긴 접시를 상준이 앞에 드밀었다.

상준은 자리를 피하려다 어은댁의 한마디에 볼살 한 점을 입에 넣었다.

성호는 눈알을 파냈다.

"속에서 흰 것이 쏟아질 거여."

부산 횟집 사장은 눈을 파내며 그렇게 말했었다. 그때도 눈알 뒤로 흰 고형물이 도마 위로 쏟아졌다.

"눈깔 뒤로 흰 것이 쏟아져 나오먼 상했다 생각허지 말어. 다 있는 거여."

눈알을 끄집어 내자 성호의 말대로 흰 고형물이 쏟아져 나왔다.

"저건 머여?"

야구공만 한 눈알 뒤로 따라나온 흰 물체를 보며 성수가 말했다.

"이건 유리체여. 이놈들은 눈을 파내면 이렇게 따라나와."

두 눈을 파내고 눈썹을 오려내 눈동자만 남겨 종발에 담았다.

"이건 눈썹살여."

모두 얼굴을 찡그리고 바라보았다.

"먹으라먼 잘 먹을 놈들이."

친구들을 보며 한마디 하였다.

다시 입술을 도려내 입술살을 대접에 담았다.

"입술살 좋지. 이게 빨판여. 이놈들은 이빨이 없고 이렇게 생긴 걸로 통째로 빨아들이는 거여. 이렇게 서걱거리니 미끈한 장어라도 입에서 빠져나오기는 힘들지."

입속에 음식을 한입에 삼키기 좋게 서글서글한 것이 들어 있었다. 성호는 그걸 장갑으로 쓸며 사람들에게 보여주었다.

다 도려냈는지 머리를 반으로 쪼개기 시작했다.

"뼈와 살을 잘도 알아?"

성수가 능숙하게 잘라내는 성호를 바라보며 혼잣말을 했다.

"이 사람아, 자칭 예술의 경지에 올랐다고 않허나."

성만이 성호를 부추겼다.

"그런가?"

뼈와 뼈 사이를 교묘하게 칼끝이 들어갔다.

얼마 후 곧 머리가 반으로 쪼개지고 그것을 하나씩 그릇에 담았다.

"어은댁 여그 이건 푹 고아야 혀."

머리를 손질한 성호가 그 말을 하고 이번에는 배를 가르고 위장을 꺼내 갈랐다.

"이놈 봐라. 아직 삭지 않은 음식이 이렇게 있네."

위장 안에는 물메기 다섯 마리가 있고 조기가 두 마리 그리고 열기 세 마리가 싱싱한 상태로 나왔다.

"그놈 욕심껏 먹었네. 이건 열기라는 물고기여. 물속에서 이놈과 같이 산 다니께. 나중에는 돗돔헌티 잡혀먹히고."

열기라는 물고기가 상한 곳이 있는지 칼끝으로 휘저어 보았다. 그다음 물메기 상태를 확인했다. 아직 상한 곳이 없이 싱싱했다.

"이놈은 먹이가 보이면 그냥 통째로 삼킨다니께."

위장을 자르고 수도꼭지에서 뿜어 나온 물로 씻었다.

"이게 간여. 이건 쓸개고."

간에 붙은 쓸개를 떼어 냈다.

"간은 두 점 이상 먹으면 탈난다니께."

호박덩이만 한 간을 떼어내 잘게 썰어 접시에 담으며 말했다.

"먼 소리여."

성수가 입맛을 다시며 말했다.

"고 비타민 때문에 안된당께, 두 점 이상 먹으면 비타민 과다 섭취로 탈이 나고 말어. 고열에 설사도 하고 피부가 허물 벗듯 벗겨진당께."

성호는 겁을 주듯 말했다.

"어은댁 이건 쓸개여. 쓸개를 소주에 넣고 마시는 것이어. 그걸 돗담주라고 허는 거고."

성호는 어은댁에게 돗담주를 만들라는 듯 말하고 내장을 꺼내 하나하나 부위를 말하였다.

홍구는 야구공만큼 큰 눈을 보다가 성호의 칼질을 보았다. 칼질은 막힘이 없었다.

눈을 감았다. 그때 밖은 눈이 펑펑 내리고 있었다. 검은 장막의 창고에 삼십여 명이 모여 앉아 기다리는 것이 있었다.

소였다.

잠시 후 백정에 의해 끌려오는 소를 보았다.

소는 삼십여 명의 검붉은 탐욕의 눈동자를 보았는지 눈을 피했다.

회피하는 소의 눈을 보고 여러 명의 살의를 보았으리라 생각했다.

소는 순하디순한 눈을 끔벅거리다 생을 포기한 듯 고개를 숙였다.

반짝하고 백정이 든 조그만 은색 망치가 허공을 가르는 순간 퍽 소리와 함께 소는 쓰러졌다.

어두컴컴한 공간에서 껍질을 벗기고 그 위에서 배를 가르고 내장을 긁어냈다. 그다음엔 살점을 골라내 각을 떴다.

그것을 바라보고 있던 사람들은 조금 후에 있을 생고기 맛을 생각하며 입맛을 다셨다.

위에서 왕거미의 거미줄이 내려와 그 끝에 매달린 전등이 마치 여름밤 담장 위에서 하얗게 빛을 발하던 흰 박과 같았다.

"여기에 모여 있는 사람들도 다 그런 거야."

자기도 모르고 그 말을 했다.

"먼 말이 당가?"

성수가 홍구 말을 듣고 바라보았다.

"그렇게 있네."

한동안 상황에 맞지 않은 말을 해석해 보았으나 해석이 되지 않았다.

성호는 말없이 일을 계속했다.

등뼈를 오려내고 갈비뼈를 도려냈다.

"이건 수재로 긁어먹어도 되는디."

갈비를 도려내 갈비에 붙은 살을 보며 말했다.

"어은댁 이것도 대가리와 같이 넣고 삶으랑께."

머리가 펄펄 끓는 양은솥에서 익어갔다.

흥구는 그 모습을 보며 생각했다.

창고 속에서 벌어졌던 살육 현장 가장자리에는 소의 내장이 끓는 물에 담가져 있었다.

"사람들 마음속 뭔가가 끓고 있을 때 경계가 보이는 것이지."

혼잣말을 했다.

바로 옆에서 성수가 들었지만 한번 흥구의 표정을 살필 뿐 더는 해석해 보려 하지 않았다.

"어은댁. 이건 양념을 넣으면 안 되네."

마늘을 준비하는 어은댁을 향해 말했다.

"마늘은 넣어야 허는디."

"돗돔은 뼈가 양념이고 내장이 양념인 거여. 살도 먹어봐.

다 초장이 발라 있고 겨자가 발라져 있는 것과 같어."

"어디."

믿기지 않는 듯 어은댁이 각을 뜨고 있는 돗돔의 한 부위를 손으로 집어 입에 넣었다.

"먼 고기가 이렇게 부드럽다냐."

"그렇다니께. 양념이 된 고기와 같지?"

"자, 뼈를 골라냈으니 회를 뜰 것이어."

성호는 부산에서의 횟집 사장과 같이 말을 하며 각기 다른 부위를 썰어 접시에 올렸다.

어은댁은 그 옆에서 접시가 채워지는 대로 빈 접시로 바꿔 주었다.

둥둥둥 두둥 둥둥둥⋯⋯

북소리는 그치지 않았다.

성호가 어떤 이유로 북소리를 듣고 있는지 알 수 없었으나 전보다 더 세심하게 칼을 다루는 것 같았다.

"상차림을 준비허소."

그 모습을 보고 있던 성만이 빈 접시를 받아들며 말했다.

성만의 모습을 한차례 바라보고 다시 일에 집중하였다.

둥둥둥 두둥 둥 두둥 둥 둥둥둥.

북소리는 컸다 적었다 반복하고 있었다.

홍구는 삼악을 한다는 법사의 북소리를 떠올렸다.

가족 같은 친구의 죽음이 있고 하도 서운하여 혼이라도 극락에 보내려고 무당을 찾아가니 해원굿을 해야 한다고 하였다.

큰돈을 주고 굿을 하였다. 무당 뒤에서 친구의 명복을 간절하게 빌었다. 가장자리에서 북을 치며 법사가 외치던 그 소리가 여기서 들리는 것 같았다.

"예술가들은 엉뚱한 곳이 있어."

성수가 사람들이 북소리를 이해하라고 말했다.

북소리는 한 시간이 넘어도 계속 흘러나오고 있었다. 듣기 싫어도 누구 하나 싫다는 사람은 없었다.

"자, 인자 다됐어."

테이블 위의 돗돔회가 가득 담긴 접시를 바라보며 성호가 팔을 들었다.

"나도 인자 예술의 경지에 진짜 올라 부렀다."

회라는 회는 다 떠보았고 돗돔만 떠보지 못해 은근히 광호가 잡아 오기를 기다렸다. 이제 소원이 성취되었다고 말하는 것이었다.

광호는 친구들을 바라보며 환한 미소를 보냈다.

"그려, 내가 잡아온 고기를 친구들이 먹으며 떠드는 것이 행복이지."

이때만큼은 가족의 어려움도 잊었다.

"친구들! 자리에 앉아."

테이블마다 고기 접시가 놓여 있었다. 구경하던 사람들은 끼리끼리 삼삼오오 자리를 차지하고 앉았다.

"광호가 먼저 한마디 허소."

성만이 광호를 일으켜 세웠다.

"인자 매일 보게 될 것이고 먼. 낚시는 이제 이것으로 끝냈으니께. 자, 맛있게 먹어 보소."

광호는 익숙하지 않은지 어렵게 말을 하고 앉았다.

사람들은 광호 말이 끝나자 젓가락을 들었다.

"아니 조금만 기다려요. 홍구가 말을 혀보소."

홍구가 자리에서 일어났다.

"홍구수산을 친구인 광호가 이어서 하기로 혔고 저는 마음 치료차 좀 쉽니다."

"그려?"

상준이 멀리서 말을 했다.

평소 같으면 먼저 상인회장이 말을 시작해야 하는데 자기를 쏙 빼고 시작하는 성만에게 불만이 가득한 표정을 하였다.

"오늘은 약속이 없는 잔칫날입니다."

상준의 말을 무시하고 자기 말만 하였다.

"시발. 지가 뭐 혔다고 여그서도 발을 담그려고 혀."

성수가 아직 상처가 아물지 않았는지 불만에 찬 말을 했다.

"약속도 없었고 이렇게 광호가 전설의 물고기를 잡아 여그까지 가져와 이렇게 되었으니 잘 드시더라고."

그 말을 끝으로 자리에 앉자 홍구가 일어나 말했다.

"여그 친구는 곧 어은댁과 화촉을 밝힙니다. 여러분들도 마음속으로 축하혀 줬으면 허네요."

그 말이 떨어지자 성만은 어은댁과 같이 말없이 인사만 했다.

자연스럽게 자리가 축하연의 자리가 되었다. 주인공은 돗돔이 아니고 성만의 결혼으로 바뀌었다.

"인자 자네도 성만을 축하혀 줘."

성호가 씁쓸한 모습으로 성만을 바라보고 있자 성수가 말했다.

"축하허네."

아쉬웠지만 성만을 축하해 주고 소주를 마셨다.

어은댁은 부위별로 담아있는 살점을 섞었다. 사람들은 살점을 우물거리며 맛을 음미하였다.

"이놈은 맛이 왜 이래?"

성수가 성만을 바라보았다.

"이건 육고기 맛이라니께."

성만이 성수를 바라보았다.

"이건 간인디 한 점만 혀야 헙니다. 더 허 먼 고단백이라 탈이 납니다."

광호가 사람들에게 그 말을 하고 간 한 점을 젓가락으로 들어 입에 넣었다.

"정말 그럴까?"

어은댁이 여기저기로 움직이며 탁자 위의 고기를 나누어 주었다.

성만이 간 한 점을 손가락으로 집어 어은댁 입속에 넣어주었다.

"정말 여, 더 먹으면 안된당께."

맛있게 받아먹는 어은댁을 보며 말했다.

홍구는 회를 먹는 친구들과 특화시장 사람들을 바라보기만 하였다.

성만은 그 모습을 보며 곧 스님이 되려 한다고 생각했다.

언젠가 운주사 주지가 책을 한 권 주며 말했던 것을 떠올리며 곧 그리로 떠날 거라 생각했다.

"친구 내일 떠나네."

성만이 곁으로 와 조용하게 말했다.

"벌써 주변을 다 정리혔는가?"

"정리랄게 뭐 있것어. 몸만 떠나면 되는 것을."

그 말만 남기고 자리를 떴다.

"홍구는 한 점도 허지 않네."

성수는 홍구가 밖으로 나간 문을 바라보며 말했다.

"그런 일이 있어."

특화시장을 떠나는 홍구를 창문을 통해 내려다보았다.

자기가 운영하던 홍구수산 앞에서 수족관을 바라보다 떠났다.

"그려, 이런디서 있을 놈이 못되어. 장사는 잘되어도 그렇게 슬픈 눈이더니."

혼잣말을 했다.

"홍구가 왜 그러나?"

성호가 다가와 홍구가 나가는 모습을 내려다보고 있는 성만 곁으로 왔다.

"저놈은 멀리 떠날 거여."

"왜? 집안에 먼 일 있는가?"

"먼 일 있겠어."

사람들은 홍구가 자리를 떴다는 것도 모르고 떠들며 술을 마시고 살점을 입에 넣고 우물거렸다.

홍구는 가끔 성만에게 자기가 판 물고기의 눈이 특화시장 공간에 꽉 차 폭발해 버릴 거라 자책하는 소리를 들었다.

"상준이 어떻게 혀 봐."

성호가 마치 모래 씹듯 우물거리고 있는 모습을 바라보며 말했다.

"그려?"

그때서야 알았다는 듯 성만이 상준이 곁으로 갔다.

"어이, 나는 이런디서 말을 혀보지 못혀서. 지네를 빼 먹었네 잉."

"상인 여러분! 우리 회장님 말을 들어봅시다."

큰 소리로 말하자 고기 맛을 음미하던 사람들이 성만을 바라보았다.

성만은 빈 소주병에 수저를 꼽고 마이크처럼 말하라고 상준에게 건네주었다.

"상인 여러분! 만날 시간도 없었습니다. 여그에 있는 사람들은 모두 점주들입니다. 오늘같이 축하 파티가 열리는 것은 순전히 광호 씨가 잡아온 전설의 물고기라고 알려진 돗돔 때문입니다. 그리고 곧 우리 특화시장의 일원으로 일하게 되었다니 축하하고 성만 씨와 어은댁의 앞날에 좋은 일만 있기를 축하혀 줍시다."

상준은 기다렸다는 듯 길게 말하고 건배를 외쳤다. 상인들은 모두 우렁차게 제창했다.

"성만이 자는 왜 술맛 떨어지게 혀."

성수가 보리 이삭을 삼킨 듯 찡그리고 앉아서 말했다.

"친구끼리 이해혀야지."

성호가 성수 앞에 있는 빈 술잔에 술을 따랐다.

"친구 내가 미안혔네."

성만이 상준을 데리고 다가왔다.

상준이 다가와 말을 하고 술잔을 주었다.

성수가 술잔을 받자 가득 채웠다.

"내 술도 받게."

성수가 술잔에 술을 가득 채워 상준에게 건넸다.

"그려. 여그 상인이고 친구 사이가 아닌가?"

성호가 나섰다.

광호는 두 사람을 번갈아 바라보며 좋지 않은 일이 있었다는 것을 직감적으로 알았다.

"인간사 다 이해허면 되는 거여. 역지사지 모르는가?"

광호가 그렇게 말하자 성수와 상준이 광호를 바라보았다.

"알았네. 어이 회장 잘혀 보세."

성수와 상준이 마지못해 술잔을 부딪쳤다.

어은댁이 큰 양푼에 뼈와 머릿고기를 담아 내놓았다.

"사골을 고아왔나?"

"아니, 여그에 우유를 부은 거여?"

양푼 안에 잘 고아진 돗돔의 머리와 뼈를 보며 상인들이 한마디씩 하였다.

"이건 양념을 허지 않은 거여. 돗돔은 양념을 허지 않는 것이 정설이랑께."

성호가 사람들을 이해시켰다.

"그려?"

성수가 수저로 국물을 떠 입에 넣었다.

"이거 우유 맛 그대로네 잉."

맛있다는 듯 환한 얼굴을 하였다.

"여그서는 제일 잘되는 집인디 왜 넘기는 거여."

어은댁이 성만에게 다가가 말했다.

"마음에 고통이 있다 안 허냐."

"마음에 고통이 없는 년 놈들 데려와 보랑게."

"그런 차원이 아녀."

"그려?"

성만의 말이 무엇인지 생각하였지만 마땅히 떠오르는 것이
없었다.

"더는 생각허지 말 드라고."

친구들은 물론이고 특화시장 내에는 홍구의 마음을 알 사
람은 없었다. 성만만 홍구가 어디로 갈 것인가를 추측할 뿐이
었다.

서천

19

　홍구가 떠나자 자연스럽게 광호가 그 자리를 차지하고 장사를 하였다. 시장 사람들은 대부분 축하해 주었지만 일부는 의심의 눈길을 보냈다.

　"홍구수산은 장사가 잘되었는디 왜 그만두었다?"

　성호가 성만을 향해 말했다.

　"마음공부헌다 안혔는가."

　"마음공부가 뭐랑가?"

　"나도 모르지 그렇게 있것지."

　성만이 말꼬리를 감췄다.

　성호는 수산 일을 해보지 않은 광호가 잘할까 걱정이었다.

　이야기하고 있을 때 멀리서 홍구 부인이 하얀 옷을 입고 나비처럼 펄럭이며 들어왔다.

특화시장을 둘러보다 홍구수산 앞에 서서 수족관에 들어있는 물고기를 바라보다 나갔다.

"홍구 각시 눈에 눈물이 그렁그렁 맺혀있었네."

성만이 다가오자 광호가 말했다.

"그 집에 무슨 일 있는 거 아녀? 장사허기도 미안허고."

광호는 홍구가 스님이 되겠다고 말했던 것을 떠올리며 모르는 척 말했다.

"먼 일은 그 친구는 그런 사람이 아녀."

홍구를 잘 알고 있는 성만이 머쓱해 있는 광호를 바라보았다.

광호가 홍구수산을 하게 된 동기가 있었다.

먼저 간곡한 부탁도 있었지만 그 부탁을 수용한 것은 아들 때문이었다.

아들이 정신을 차리면 뭔가를 시켜야 하는데 그 일이 이 일이라 생각했다.

사업체를 잘살려 아들에게 넘겨주면 아들도 정신 차리고 잘 해낼 거라 생각했다.

"요즘 아들이 사고 안 치나?"

"어찌 살고 있는지 조용혀서 집안은 폭풍전야네."

"걱정허지 말고 일에 열중혀."

"그렇게 헐라고 노력허네."

"낚시 생각은 없는가?"

"그것이 무슨 재미가 있것는가?"

"남들이 잡아보지 못한 큰 고기를 많이 잡았잖은가?

장사에 열중하려고 하는지 떠보았다.

"많이 알려주게 이런 일은 처음이고 친구들이 일하고 있는 모습을 멀리서 바라만 보고 있었으니 장사를 어떻게 알겠는가."

홍구는 집안을 정리하고 화순 운주사로 떠났다.

일주문 앞에 서서 천불천탑도량이라는 현판을 바라보며 두 손을 모아 예를 갖추고 들어갔다.

큰스님에게 사경했던 노트를 보여주고 금강경과 천수경까지 필사했다고 말하며 결심이 한순간의 생각이 아님을 밝혔다.

큰스님은 여러 문제를 조용하게 거론하며 발심이 섰는지 살폈다.

"며칠간 부처님 앞에서 묵상해보고 확실히 발심이 섰는지 스스로 확인해 봅시다."

큰스님은 신중했다.

대웅전으로 들어가 부처님 앞에서 무릎을 꿇고 앉자 참선을 하였다.

지치면 나와 석조불감까지 가서 두 분의 부처님께 합장하고 탑돌이를 했다. 그것이 끝나면 대웅전과 지장전을 오가며 가부좌를 틀고 앉았다. 큰스님은 멀리서 바라보기만 하였다.

사흘째 식음을 전폐하고 대웅전과 지장전을 오가며 묵상을 하고 가끔 밖으로 나가 석조불감에서 탑돌이를 하였다.

"부처가 되겠느냐!"

대웅전에 앉아 참선하고 있을 때 벼락같은 소리가 들렸다.

눈을 번쩍 뜨고 뒤를 돌아보았다. 아무도 없었다.

다시 결가부좌를 틀고 앉아 눈을 감았다. 가끔 큰스님이 왔다는 죽비소리가 들렸다.

주변을 정리했지만, 찌꺼기처럼 남아 괴롭히는 뭔가가 있었다. 그것을 하나하나 해결하고 싶었다. 힘들면 밖으로 나가 탑돌이를 했다.

"아직 나는 발심이 부족한 것이지."

언젠가 읽어 보았던 혜능 선사의 이야기를 생각하였다.

선방을 나온 제자가 물었다.

"큰스님. 개에게도 불성이 있는 것입니까?"

"개에게는 불성이 없다."

부처님의 말씀을 정면으로 부정하는 말이었다.

"그려, 아직도 나는 부족한 거여."

그 말을 하며 아무것도 생각하지 않고 마음을 텅 비우려는 일념을 가지려 열중하였다.

캄캄한 밤이었다. 시간이 어떻게 흘렀는지 알 수 없었다. 시간이 지날수록 마음이 후련한 뭔가가 느껴졌다.

밖으로 나와 하늘을 올려다보았다.

별들이 운주사 주변으로 떨어지고 있었다. 정신을 차리려고 눈을 손으로 비벼 보았지만, 사람들의 눈을 집중시키려는 네온사인처럼 긴 꼬리를 달고 별이 쏟아져 내리고 있었다.

"별이."

그 말을 남기고 쓰러졌다.

꿈속에서 석공들이 부처를 깎고 있었다.

그들은 힘들면 합장을 하고 하늘을 올려다보았다.

캄캄한 밤이었다. 석공들은 제각기 돌을 안고 부처를 깎았다. 부처가 완성되면 적당한 자리에 놓고 무릎 꿇고 기도하였다. 석공의 머리 위로 큰 별이 내려앉았다.

"염원의 결정이었던가?"

석공은 부처를 안고 울었다.

수많은 부처가 탄생하고 큰 별은 그 위에 생명을 불어넣듯 내려와 앉았다.

"나는 무엇인가? 한 개의 별인가? 별 하나에 내가 있는 것이지."

머리가 깨지는 듯 아팠다.

"별을 보았는가?"

조용한 큰스님의 목소리였다.

눈을 떴다. 눈앞에 큰스님이 앉아 있었다.

"제가 어떻게."

일어나려고 하자 핑 돌았다.

"석조불감 앞에 쓰러져 있었다네."

"죄송합니다."

힘들지만 일어나 앉았다.

"별을 이야기하던데 뭘 보았소?"

"별이 쏟아져 내렸습니다. 여기에 흩어져 있는 부처님 위로 큰 별들이 내려앉았습니다."

"이제 속세를 떠날 준비가 되었나 보구려."

"감사합니다."

"여기서 깊은 잠을 자시고 내일 이야기합시다."

이불을 내주고 방을 나갔다.

죽음 같은 깊은 잠에 빠졌다.

꿈속에서 달려오는 것이 있었다. 경전이었다. 손으로 잡으려고 하면 사라지는 괴이한 일이었다.

참선하면 마음이 청명해진다는데 그렇지 않았다. 사흘 동안 했던 참선을 생각하였다. 기도했던 것들이 하나하나 떠올랐다.

눈을 떴을 때는 아침이었다. 자리에서 일어나 침구를 정리하고 밖으로 나가 대웅전으로 들어갔다.

대웅전 안에는 큰스님이 앉아 있었다. 큰스님 뒤에 앉아 두 손을 모았다.

"참선했더니 무엇이 남아 있는고?"

돌아서 말했다.

"지나간 일들이 남아있습니다."

"무를 생각하고 참선을 해야 하네. 모든 것이 무라는 것을 알 때 비로소 마음이 청명해진다는 것을 아는 것이네."

"무슨 말씀이신지."

"곧 알게 될 거야."

"네?"

"있다, 없다, 도 없는 무의 상태가 되어야 한다."

큰스님은 알 수 없는 말을 하였다.

"마치고 이야기하세."

큰스님은 그 말을 남기고 나갔다.

밖으로 나갔다. 찬란한 햇빛이 내리박히는 대웅전 앞에 서 있었다. 눈앞이 캄캄하고 뭔가가 덮쳐오는 기분이었다. 쓰러질 것 같았다.

비틀거리고 있을 때 주지의 목소리가 들렸다.

"이리로 오게."

"내가 은사가 되어줄 것이고 여기 추천서를 가지고 송광사 큰스님께 보여주고 공부를 해봐."

"네."

창호지로 된 하얀 봉투를 주었다.

봉투를 품속에 넣었다.

"여기서 가까운 송광사는 삼보종찰 중 하나인 승보종찰이야. 거기서 공부를 해야 제대로 하는 것이지."

"알겠습니다."

"거기서 머리도 깎고 행자로 6개월 동안 마쳐봐."

언제 준비했는지 의발을 내어주었다.

그 길로 송광사를 찾아가 큰스님을 만났다.

운주사 큰스님이 준 편지를 전해주자 편지를 읽어 본 큰스님은 기거할 방을 안내해 주었다.

곧 삭발식을 거행하고 행자 생활을 시작하였다. 검증이 되지 않아서인지 스님들의 눈동자를 느낄 수 있었다.

"어떤 사람이 되겠는고?"

큰스님의 위엄이 있고 무거운 질문이었다.

"저는 공부하는 스님이 되겠습니다."

그 말을 하자 큰스님은 한동안 날카로운 눈으로 바라보았다.

"여기 바보가 또 하나 들어 왔구나."

하늘을 울리는 소리였다.

그 자리에 꿇어앉아 큰스님의 명령을 기다렸지만 더는 말
하지 않았다.

"부끄럽습니다."

그 후로 큰스님을 뵙지 못했다. 모든 걸 견디며 행자 생활
을 시작하였다.

20

성호가 미소 가득한 얼굴로 특화시장으로 들어왔다.

"좋은 일 있는감?"

성수가 성호를 바라보았다.

"딸헌티 몇 년 만에 전화 왔어. 곧 온댜."

"그려, 좋은 일 아닌가?"

"좋은 일은."

그렇게 말하고 성호수산으로 갔다.

의자에 앉아서 생각해 보았다. 그렇게도 보고 싶던 딸의 전화를 받고 목소가 떨렸다.

통화 내용을 곰곰이 생각해 보았다. 딸은 지금은 잘 있고 엄마와 같이 서천으로 내려온다는 거였다.

몇 번 엄마가 어디에 있는지 묻자 대답을 피하고 말꼬리를 돌렸다.

일이 손에 잡히지 않았다. 아내가 어디서 무엇을 하고 있었는지 딸은 학교에 다니고 있는지도 궁금하였다.

딸이 학교를 제대로 다녔다면 지금은 고등학교에 들어갔을 거였다.

딸을 데리고 떠난 아내를 생각하며 이를 갈았던 기억을 떠올려 보았지만, 딸아이의 전화 한 통화로 봄눈 녹듯 사라졌다.

토요일이 기다려졌다. 할 이야기가 많았다. 먼저 알아야 할 것은 아내가 어떻게 혼자 살았느냐가 문제고 다음이 딸은 어떻게 지냈느냐는 거였다.

아내가 떠날 때의 일들을 떠올려 보았다.

그때 잘되던 사업이 문을 내린 것은 누구의 탓도 아니었다. 많은 부채를 안고 사업을 하면서 자꾸만 업체를 키운 것이 문제라면 문제였다.

겉으로 보기에 사업이 잘되는 듯 보였다.

횟집 생활로 잔뼈가 굵었고 또 그 일뿐 아는 게 없었다. 열심히 일만 하면 돈은 저절로 들어오는 거라는 막연함이 실패의 원인이었다.

성호수산이라는 이름으로 사업을 하였고 군산에서는 꽤 이름이 있는 집이었다.

경제위기는 견디는 사람이 없었다. 빚을 가지고 사업을 하는 사람은 모두가 겪는 그런 거였다.

여기저기서 사업을 접었다. 잘 나간다고 생각하던 곳이 하루아침에 문을 닫고 야반도주를 하였다.

성호수산도 군산에서는 이름이 있는 횟집이었지만 견딜 수 없었다.

"그려, 견디기 힘들었지."

혼잣말로 아내의 입장을 합리화시켰다.

만약 아내와 같이 살았다면 하나뿐인 딸년을 가르칠 수도 없었을 것이었다.

당장 온다면 아내와 딸을 어떻게 할까 고민이었다.

모든 것을 정리했을 때 아내의 모습을 생각해 보았다.

아내는 이혼하며 나라도 살아서 정숙이를 키우겠다며 합리화를 하였다. 그 말에 말없이 아내가 내민 이혼서류에 도장을 찍었다.

그 후로 십 년이 넘어도 연락이 없었다.

모든 것을 잊고 사는 것이 새로운 삶을 시작하는데 좋았다. 그렇게 잊고 지내고 있을 때 갑자기 목소리도 생소한 딸의 전화를 받은 것이다.

긴 세월이 목소리까지 알 수 없게 하였다.

처음 모르는 전화기에서 들려오던 목소리는 남이 아니라는 것을 직감할 수 있어 더듬거리고 떨었다.

"먼 생각이 그리 깊어?"

성수가 찾아왔다.

"그렁게 있어."

"근심거리가 생겼는 겨?"

"이번 토요일에 딸이 온다네."

"그럼 계획을 잘 짜야지. 혼자 오는 건 아닐 거 아냐."

"같이 온다고는 혔네. 벌써 자신이 없어지네."

"이 사람아, 만나 보고 그때부터 생각혀."

성수가 그 말을 남기고 서해수산으로 갔다.

성만은 광호를 만나고 있었다.

"할만한가?"

"친구들이 같이 일하고 있는 모습이 아름답게 보이더니 힘이 드네. 이렇게 사는 사람을 기다리기만 허니 낚시도 기다림의 연속이었는데 팔자소관이라 생각허네."

"그려, 이게 더 힘든 일여. 꼼짝허지 않고 기다려야 허니 말이여."

"오늘은 어디로 가나?"

"목포로 가려허네. 자연산도 사와야 허고."

"자연산이 좋은 것은 아닌디."

"사람들이 그걸 찾으니 별수 있는가."

"먹는 놈 헌티 맞춰야 허니."

"자연산 참돔과 감생이를 사야 허는디 누구헌티 연락혀야 허는가?"

"요즘 자연산은 완도와 태도를 들락이는 사람들이 있을 건디."

"연락처 좀 주게."

"낚싯배 사무장 영완이 연락처고 선장 연락처여. 한번 알어 봐. 거의 영완이가 자연산을 챙기니까 그리 알아보면 될 거여."

핸드폰을 보고 전화번호를 알려주자 핸드폰에 전화번호를 입력해 두었다.

광호가 낚시하고 다녔을 때을 생각하며 영완이의 위치를 그때는 몰랐지만 이제야 꼭 필요한 사람이라는 것을 알았다.

"아이쿠, 사장님."

전화기 저편에서 영완이가 넉살 좋게 말한다.

"잘 지내는가?"

"그럼요 저야. 요즘 낚시 안 다닙니까?"

"새로 시작헌 사업이 있어서. 요즘 낚싯배 안 타는가?"

"전 그게 직업인디 오늘도 배에 있습니다."

"자연산은 좀 있는가?"

"요즘 돔허고 감생이가 있고 돌돔도 몇 마리 확보혀 놓고 있어요."

"그런가."

"왜요?"

"언제 입항허는가?"

"오늘 오후 4시쯤."

"사람을 보내겠네. 잘 애그 혀 봐."

"고맙습니다."

영완은 그 말을 하고 전화를 끊었다.

"네 시에 목포 북항으로 가 봐 미리 연락허고. 그놈은 수족관이 별도로 있다니께."

성만이 시간을 계산하며 서해수산으로 갔다.

"먼 말을 그렇게 오래 허는가?"

성수가 흥구수산을 바라보고 있었다.

"목포 들어가야 허는디 아는 사람이 없어서."

"자연산이 필요헌디 요즘 자연산이 없어. 꼭 없으면 자연산만 찾는다니께."

"그거 때문에 골치가 아프네."

"모르는 사람이 많어야 팔기도 수월헌디. 소비자가 자연산을 다 알고 있으니."

"알았네. 유자망 배 타는 사람들은 알고 있는디. 그물로 잡은 건 싱싱허지 안어서."

"비늘도 떨어지고 쉽게 죽어. 그래도 그거라도 넣어 둬야 허는디."

"이 사람아, 주낙으로 잡는 건 낚시로 잡는 거와 매한가지랑께."

"그야 그렇지. 허지만 여긴 물고기가 나지 안찮여."

"나도 그려서 멀리 가는 거여."

특화시장에 자연산을 찾는 사람들이 많았다.

유자망 선장들에게 전화해 보고 낚시꾼들도 알아보며 자연산 돔을 확보하려고 노력하였다. 서천 근해에는 주낙을 하는 낚싯배도 없었다.

자연산은 회를 잘 먹는 사람들이 찾는 물고기다.

귀하지만 값도 나가 양식과 함께 꼭 넣어 두어야 장사를 수월하게 할 수 있었다.

상인들은 상점으로 온 손님을 놓치지 않으려고 자연산 몇 마리는 구비해 두었다.

목포에서 일을 끝내고 화순으로 건너가 운주사에 있을 홍구를 만나야겠다고 생각했다. 홍구가 떠난 지도 계산해 보니 육 개월이 지났다.

키 작은 영완이는 해풍에 얼굴이 그을려 마치 막일을 하는 사람처럼 보였다.

영완이를 만나 자연산 감성돔과 참돔을 샀다. 자기가 생각했던 가격에서 한 푼도 깎아주지 않는 철저함이 있었다.

부족하여 유자망 선장이 주낙으로 잡은 것과 양식도 섞어 가득 실었다.

천불천탑이 있었다는 운주사에 찾아갔다.

홍구가 어디에선가 뛰쳐나와 반길 것 같은 생각을 하며 입구 종무실을 찾아갔다.

육 개월 전에 스님이 되겠다고 온 사람이 있는지 물었지만 알지 못했다. 잘못 찾아왔나 하고 주지스님을 만나러 안으로 들어갔다.

멀리서 보니 주지스님이 대웅전에서 나오는 모습이 보였다.

"스님 안녕하십니까?"

손을 모았다.

"누구신지?"

"예전에 친구와 한번 보았던 사람입니다."

한동안 살펴보았다. 깊은 우물 속 같이 퀭 하니 들어간 눈은 광채가 있었다.

"그런데요?"

"친구를 찾아왔습니다."

"찾는 사람이 누군데요?"

"홍구입니다. 스님이 되겠다고 나간 지가 육 개월이 넘었습니다."

"아, 여기는 없고 바로 송광사로 갔어요. 그 스님은 대홍 스님입니다."

"송광사요?"

"거기가 승보종찰로 우리나라에서는 유명한 절입니다. 결심도 있어서 그리로 보냈습니다."

한동안 그 자리에 서서 어떻게 할까 생각했다.

활어차에 실려 있는 물고기를 생각해 더 지체할 수는 없었다.

스님께 인사를 하고 곧장 운주사를 빠져나왔다.

서천으로 오는 내내 홍구의 성공을 기원하였다.

"왔능가?"

특화시장으로 들어오자 맨 먼저 광호가 반겼다.

반대편에서 바라보고 있던 성수와 성호도 홍구수산으로 왔다.

"자연산도 있고 양식도 있습니다. 지금이 돔 철이라 참돔과 감생이가 있어요."

"영완이 보았는가?"

"영완이 가지고 있는 자연산을 모두 사 왔습니다."

낚시로 잡은 것과 주낙으로 잡은 것을 차등으로 값을 계산하였다. 광호는 용케도 다 알았다.

"이거는 자연산은 맞는디 주낙으로 잡을 거여. 봐 비늘이 떨어져 있잖여."

"섞어서 들여놔. 그래야 나도 먹고살지. 양식도 들여놓고 모르는 놈은 모르니까. 양식이 색깔은 더 좋다니께."

애써 설명하였다.

광호와 성호 그리고 성수까지 자연산은 모두 가져가고 양식만 남았다.

광호는 낚시할 때를 생각하는지 홍구가 그랬던 것처럼 수족관 앞에서 쭈그리고 앉아 방금 들여놓은 물고기의 유영을 관찰하였다.

성수도 어항에 가득 찬 물고기를 포만감 있게 바라보았다.

"그렇게 보고 있으면 뭘 혀."

"이렇게 가득 차 있어야 마음이 놓인 다니께."

성만은 물고기를 다 공급하고 어은집으로 향했다.

"다 나누어 주었는가?"

어은댁이 반겼다.

"오늘은 손님이 있었는가?"

"홍구수산에서 소개혀 줘서 한 팀 있었어."

멀리서 홍구수산을 바라보았다. 그때까지 광호는 수족관 앞에 쭈그리고 앉아 있었다.

참돔이 작은 어항 속에서 빙빙 돌았다. 아들은 오늘도 새벽에 들어와 행패를 부렸다. 술을 마시지 않으면 포악하지 않은 아들이 술만 마시면 사람이 돌변했다. 오늘 새벽도 술을 마시고 들어와 알아들을 수 없는 말을 했다.

"정신만 차려라, 그럼 너에게 뭐든 해줄 수 있으니."

혼잣말했다.

그것을 알아듣기라도 했는지 감성돔이 바로 앞으로 와 수족관 유리 벽을 입으로 툭툭 쳤다.

지난번 성만이 한 말을 떠올렸다.

"친구 그렇게 고민만 하고 있지 말고 상담을 해봐. 요즘은 전문가들이 많아서 쉽게 해결할 수 있거든. 또 어떻게 해야 할지도 지도해 주고."

그때 성만은 안타까운지 그 말을 하며 가까운 군산에 병원을 찾아가 보라고 했었다.

병원에 아들하고 같이 가야 하는데 아들이 응해줄 것 같지 않았다.

문득 여기까지 찾아와 개망신을 준다면 어떻게 할까 하는 생각이 들었다. 아직은 아버지가 어떤 일을 하고 있는지 모르지만 곧 알게 될 것이었다.

성만은 돗돔으로 잔치하던 날 사람들에게 알렸다고 생각하고 어은댁이 살고 있는 집으로 들어가 살았다.

어은댁은 남편처럼 살갑게 대해 주었다. 숙자도 아버지라 불렀다. 행복한 나날이었다.

광호는 성만이 말대로 병원을 찾아갔다. 병원에서 아들의 상태를 알리고 어떻게 해야 할지 상담을 하였다.

"아들 문제입니까? 본인 문제입니까?"

의사가 광호의 말을 듣고 물었다.

"둘 다요."

광호가 곰곰이 생각하다 말했다.

"아들 문제는 우선 검사를 해봐야 알겠지만 본인 문제도 심각한 상황입니다. 지금 한 말이 사실이라는 전제로 아들은 병원으로 보내 치료를 요하는 상황이고 본인도 치료를 받아보는 것이 좋겠습니다."

의사의 처방은 치료를 받으라는 것이었다.

"치료를 받으려면 어떻게 해야 합니까?"

"아들은 최소한 입원 치료를 받아야 합니다. 부자 관계이기 때문에 집에서 치료는 늘 공염불이 되기 쉽습니다. 그리고 본인 문제는 심리적인 안정이 우선이니 심리치료를 받아보는 것이 필요합니다."

의사의 소견을 받고 마음이 후련했다. 병원을 나서며 이번에는 어떻게 해서든 아들을 병원으로 보내 입원시켜야 한다 생각하였다.

의사의 말은 어떻게 해서든 우선 의사와 상담하게 해야 한다는 선행조건이 있었다.

홍구수산에 앉아 그 궁리만 하였다.

아들은 병원에 갈 일이 아니라고 우기기 때문에 우선 조건을 제시해야 했다. 아들이 좋아하는 당근인 술값을 제시하였다. 아들은 우선 눈앞에 보이는 돈을 보고 제안에 응했다.

아들은 의사 앞에서도 저항하였다. 의사는 검사하고 질문을 하는 가운데 알코올 중독이라는 결론을 도출하고 그 결과가 나오자 반강제적으로 병원에 입원시켰다.

"아들이 저런 곳에 입원하는 것을 보니 피를 토할 것 같습니다."

철장으로 들어가는 아들을 보고 의사에게 말했다.

"누구나 다 그런 생각을 하여 치료를 망치곤 합니다. 지금부터는 아버지부터 강건해야 합니다."

"언제부터 저렇게 되었는지는 중요하지 않습니다. 또 무엇때문에 저렇게 되었는지도 궁금하지 않아요. 치료가 우선입니다. 우리는 치료에 목적을 두고 관리할 것이고 마음속에 있는 응어리는 우리 병원에서 운영하는 심리치료실에서 풀 것입니다."

그 말이 끝이었다. 아들은 끌려 들어가면서도 들어가지 않으려고 몸부림쳤다.

성만은 여수로 가면서 순천 조계산 송광사에 들렀다. 송광사의 어느 스님이 대흥 스님을 잘 알고 있어 알아보았다.

스님은 육 개월 행자 생활을 마치고 고시에 합격해 예비 승려 자격으로 무문관에 들어갔다고 하였다.

무문관에 든 스님은 3년 동안 아무도 만날 수 없다고 하였다. 그 말을 듣고 허탈하게 송광사를 나왔다.

성호는 아내와 딸을 만났다. 아내는 딸과 함께 서울에서 살고 있었고 식당에서 주방일을 하며 살았다고 눈물 바람을 하였다.

아내를 바라보니 어려운 일을 하며 지낸 모습이 훤히 보였다.

이제는 같이 살자는 말을 하였다. 아내도 고개를 끄덕였다. 딸도 얼굴이 환해지며 성호 옆에 딱 붙어있었다.

21

성만이 친구들을 서천집으로 불러 떠들썩했다.

"오늘은 친구들과 술 한잔하려고 이렇게 불렀네."

"오늘 먼 일이 있는 거여."

성수가 성만을 바라보았다.

"이 사람아, 좋은 일이 있것지."

성호가 거들고 나섰다.

"친구들이 이렇게 같이 앉아있으니 좋으네."

"그려, 종종 만나자고."

광호가 듣고만 있다가 친구들이 한마디씩 하자 마지못해 말을 하였다.

"인자 어은댁은 내 각시네. 같이 살고 있고 그려서 이렇게 친구들허고 조촐하게 술 한잔하려고 자리를 만들었당께."

"자! 오늘 친구를 축하해 주세."

성수가 크게 말했다.

친구들이 갑자기 우렁찬 소리에 깜짝 놀라 바라보았다.

"앞에 있는 술잔에 술을 각자 따르고."

노조위원장을 한 경력이 있어 대중을 이끄는 기술이 있었다.

"건배하세."

성수의 말에 모두 술잔을 들었다.

"친구의 주기적인 성관계를 위하여! 건배."

친구들이 성수의 말에 모두 한목소리로 건배를 외쳤다.

멀리서 그 모습을 지켜보던 서천댁이 한마디 하였다.

"그년은 뭘 혔간디 총각허고 같이 산댜."

"짚신도 제짝이 있는 거여. 어은댁은 진작부터 우리 친구와 짝이었당께."

성호가 거들었다.

"자! 우리 다시 건배 한잔허자구."

성만이 말했다.

"술잔에 술을 채우게."

모두 자기 술잔에 술을 따랐다.

"홍구 친구는 송광사에서 행자 생활을 무사히 마치고 승과

고시에 합격도 혔네. 지금은 수행허러 무문관에 들어갔다네. 친구가 승려가 되어 돌아오길 기원허면서 건배하세. 홍구 이름이 바꼈네. 이제부턴 대홍 스님이라 부르게."

"대홍 스님."

성호가 다시 한번 홍구의 바뀐 이름을 말하였다.

"대홍 스님을 위하여."

성만은 같은 장소에 없는 친구를 위하여 건배사를 하고 잔을 들었다. 모두 건배를 크게 외치며 승려 생활을 위로했다.

"근디 무문관이 뭐여."

성호가 눈을 동그랗게 뜨고 말했다.

"나도 잘 모르는디 삼 년간 화두를 가지고 참선을 한다네. 두세 평 작은 방에 틀어박혀서 말이여. 밖으로 나오지도 못하고 묵언수행을 허는 것이여. 그걸 허다 죽는 사람도 있다더만."

성만은 그 말을 하며 걱정되는지 말투가 떨렸다.

"인자 친구들 중에 중이 탄생허는구먼."

성수가 성만의 설명에 달래듯 말했다.

"자네는 왜 말허지 않은가? 오늘같이 좋은 날에."

성호가 광호를 바라보았다.

"나도 생각을 많이 혔어. 일단 성만을 축하해 주고 홍구도 축하해 줘야겠지."

"아들이 지금도 그러나?"

"그게 어디 가것는가?"

"병원으로 보내 치료받게 허라고 말혔잖은가?"

"병원에 갔었는디 당장에 입원시켜 치료받게 허라더구먼."

"그럼, 그렇게 허라고."

광호와 성호의 이야기가 길어지자 술자리가 갑자기 극장 안에서 영화가 시작된 듯 조용하였다.

"그렇게 혔네. 병원에 들어가는 아들을 본 적 있는가?"

"아따, 오늘은 술이나 마셔. 누가 나도 한 잔 주고."

멀리서 친구들의 이야기를 듣기만 하고 있던 서천댁이 서 먹해지는 분위기를 삭이려고 나셨다.

"그려, 내 술 한잔 받어."

성수가 가까이 다가가 서천댁이 들고 있는 술잔에 술을 따 랐다.

"자, 한잔 더하세."

다시 떠들썩하게 술자리가 바뀌었다.

광호는 나름대로 생각이 있었다.

언젠가 사고 쳐 그때도 병원에 입원시켰는데 사흘째 되던 날 병원으로 찾아가 '내 아들이 이런 곳에 있다니' 하고 자책 하며 데려왔던 것을 떠올리며 이번엔 절대 그때처럼 하지 않 겠다고 다짐했다.

"한잔 받게."

성호가 광호 잔에 술을 따랐다.

"그려."

성만은 그 모습을 지켜보고만 있었다.

누구보다도 광호에 대하여 잘 알고 있어 뭐라 할 말이 없었
다.

광호는 면회 간다는 명목으로 아들을 찾아가 부자의 정 때
문에 다시 데려올 거라 생각하였다.

그렇게 떠들썩하게 술을 마시고 있을 때 소방차의 고래 울
음소리가 들렸다.

"머여. 윗놈들이 쳐들어왔나?"

성수가 소리를 듣고 말했다.

"어디 불났것지. 별것도 아닌디 늘 저렇게 시끄럽게 굴어."

성호도 아무렇지 않은 듯 술만 마셨다.

연이어 소방차 소리가 시끄럽게 들렸다.

"먼 일이 있는 거여. 무장공비가 나타났던지."

그 말을 하고 서천댁이 밖으로 나갔다.

"큰일이네. 큰일여."

뒷말을 잇지 못하고 그 소리만 하였다.

"먼 큰일?"

성수가 서천댁을 바라보았다.

"저그, 특화시장."

서천댁은 그 말을 하고 자리에 주저앉았다.

친구들이 우르르 밖으로 나갔다.

바람이 불었다. 마치 광풍처럼 회오리바람을 일으켰다.

"저거이 뭐여."

검붉은 화염에 휩싸여 있는 특화시장 주위로 소방차가 붉은 등을 깜박거리며 몰려들고 있었다.

"빨리 가보세. 큰일이네."

친구들이 특화시장으로 달려갔다.

바람이 광포하게 불었다.

소방차도 어떻게 할 수 없는지 물만 뿌려댔다.

"저걸 어떻게 해."

어은댁이었다. 얼굴이 불 때문인지 검붉게 보였다.

어은댁은 애견이 주인이 가지고 있는 먹이를 달라는 듯 두 손을 모으고 애절하게 바라보며 울었다.

"어은댁이네."

성호가 성만에게 말했다.

큰일을 많이 당해봤는지 성호는 얼굴을 찡그리고 소방관들이 바쁘게 움직이는 모습만 바라보았다.

"우리 힘으로는 안되는 일여."

성만이 어은댁을 달랬다.

"자네 차에 불이 붙었네."

성수가 성만을 바라보았다.

활어차를 빼려고 소방관에게 말해보았으나 허사였다. 소방관은 그리로 가면 화염 때문에 화를 당한다는 거였다.

불은 차츰 더 거세게 특화시장을 삼키고 있었다.

소방차는 더욱 많아져 인근 군산에 있는 소방차도 동원되고 있었고 대천에서도 달려왔다.

"저걸 어쩐댜. 이게 있어서 사는 맛이 생겼는디."

어은댁은 땅바닥에 주저앉아 울었다.

"저렇게 다 타버리나."

홍시의 속살처럼 붉은 기운이 내부에 가득 들어차 있었다.

가끔 작살에 맞은 고래처럼 울어대며 내부의 구조물이 무너졌다.

"어떻게 안 되나?"

성수도 안타까운지 어쩔 줄 몰라 했다.

"다 끝났네."

지붕이 내려앉는 모습을 보고 광호가 마른침을 삼키고 말했다.

검붉은 연기는 소용돌이치며 하늘을 덮었다.

오늘따라 바람도 광포하게 불어대 소방관들도 최선을 다할 뿐 쉽게 진화하지 못했다.

"자! 다들 물러서시오. 바람이 불어 진화가 어렵고 불길이 다른 곳으로 번지지 못하게 할 뿐입니다."

뉴스를 접한 특화시장 사람들이 불타는 모습을 보며 어떤 이는 울고 어떤 사람은 고함을 질렀다. 마이크를 든 소방관이 사람들을 통제했다.

서너 시간 불길이 잡히지 않자 특화시장은 형체를 잃고 모두 주저앉았다. 이미 특화시장은 영화의 한 장면처럼 산소통을 물고 있는 상어에 총을 쏴 터뜨려 버리듯 폐허가 되어 있었다.

소방대원들은 그때서야 가깝게 접근하여 홍시의 속살 같은 불을 잠재웠다. 소방차의 호스를 빠져나온 물이 내리꽂히자 부나비 같은 불꽃이 날아다녔다.

소방관들의 도움으로 주변에 있는 상가와 건물로는 번지지 않았고 오직 특화시장만 전소되었다.

특화시장 사람들은 상인회 사무실로 모였다.

사람들의 모습은 불에 그을려 모두 흑인이 얼굴에 크림을 발라놓은 것 같이 번들거렸다.

"어떻게 이렇게 됐당가?"

어은댁이 회장인 상준에게 말했다.

"당신은 나서지 말어."

성만이 어은댁을 말렸다.

"어느 가게에서 시작된 불이 강풍으로 번졌을 거라는 게 제 생각입니다. 소방당국이나 경찰에서 조사가 이루어질 것입니다. 우린 그걸 기다려 봐야 합니다. 오늘은 집에 들어가 쉬시고 내일 이리로 나와 사후 조치를 생각해 봅시다."

상준의 말은 냉정했다. 하지만 그 말밖에는 할 수 없었다.

그렇게 말했지만 상인들은 집으로 돌아가지 않았다.

자기 가게가 있는 곳을 바라보기만 하고 어찌할 수 없는 자신을 한탄하였다.

먼 곳에서, 붉은 해가 사부작사부작 불길같이 떠오르고 있었다. 아침이 된 것이다.

소방관들은 잔불을 정리하고 있었다. 홍시의 속살 같았던 불은 이미 사라지고 검은 잔해만 남아 있었다.

"저거이 무엇여."

어은댁이 그 말을 하며 모든 것을 포기한 듯 성만의 가슴에 안겨 있었다.

"냉정혀야 혀."

성만이 달래듯 말했다.

날이 서서히 밝아오자 잔해가 확연히 드러났다.

우크라이나 전쟁에서 포탄을 맞은 건물의 잔해 같았다.

늘 주차장 앞에서 들어오는 손님을 반기듯 앉아있던 도요새의 구조물이 자기 때문이라는 듯 고개를 숙이고 눈을 맞고 있었다.

눈이 강풍에 비켜 날았다. 골조 위에는 마치 유령의 집처럼 소방차에서 뿌려진 물이 얼어 고드름이 되어 있었다.

추운 날이지만 춥지 않았다.

어제까지 모든 것을 걸고 일을 했던 일터가 화마로 한순간에 잃어버렸으니 성만과 성호 그리고 성수와 광호는 그 모습을 바라보고만 있었다.

"자, 이제 안으로 들어갑시다."

상준이 상인들에게 말했다.

상인들이 상인회 회의실로 하나둘 들어갔다.

"상인 여러분 도지사님이 오셨습니다."

도지사가 찾아와 죄인처럼 앞으로 나갔다.

"여러분 이렇게 되었으니 이제 어떻게든 특화시장을 다시 세워야 합니다. 오늘 대통령께서도 오신다고 하였습니다. 그만큼 우리의 사고를 안타깝게 생각하고 있습니다. 모쪼록 여러분께서는 기다리셨다가 우리의 처지를 알려야 합니다."

그렇게 말하고 2층 사무실로 올라갔다.

광풍이 아직 잠들지 않았다. 마치 모든 것을 집어삼켰으나 더 삼킬 것이 없는지 탐색하듯 머물러 있으며 사람들을 힘들게 하였다.

"대통령이 온다는데 어떻게 헐지."

광호가 성수를 바라보았다.

"우리를 만나겠지, 의견도 듣고 위로도 헐 거 아녀."

성수는 그런 것도 모르냐고 말했다.

"대통령이여. 대통령이 이 변방까지 왔는디 우리도 예의를 지켜야 돼."

광호는 성수의 말과 생각이 다르다고 말했다.

상인들 사이에도 의견이 분분했다.

우리를 다 만나서 위로해 줘야 한다고 말하는 사람도 있었고 대표만 만나고 우린 대표한테 의견을 들으면 된다고 하는 사람도 있었다.

당대표가 바람 부는 겨울 광야 같은 곳에서 홀로 대통령을 기다리고 있었다.

당대표의 머리카락 사이로 눈이 박혀 흰머리처럼 보였다. 추운지 가끔 옷깃을 여몄다. 춥고 긴 하루였다.

경호상 이유라며 경호원들이 움직이며 진을 치고 있었다.

창문 밖으로 광풍이 더욱 성을 내고 있었다. 화마가 아직 살아 있다는 듯 창문을 두드렸다.

눈발이 날아오는 야구공처럼 빠르게 달려갔다. 북풍한설이었다.

한 시간쯤 지나자 대통령이 차에서 내리는 것이 보였다.

당대표가 마치 조폭들이 두목을 향해 인사하듯 고개를 깊게 숙였다.

수고한다는 듯 뭐라 말하고 어깨를 툭툭 쳤다.

그 모습을 보고 있던 상인들은 대통령이 물으면 뭐라 대답해야 할지 생각하고 있었다.

"그려, 여그까지 왔으니 이 말만은 꼭 혀야 쓰겄어."

성수가 혼잣말하였다.

"먼 말이여."

성호가 혼잣말을 듣고 말했다.

"대통령이 우리에게 물어볼 거 아녀. 그걸 생각혔어."

"자네는 어진 백성이여. 우리를 여기로 몰아넣은 거 보면 몰러."

"그럼 그냥 갈라고?"

"그려, 다 생각이 있는 거여."

"여그까지 왔는디."

"이렇게 눈에 핏발이 서 있는디 여그서 먼 말이 필허것어."

성수는 이렇게 모아놓은 것이 대통령이 상인들에게 뭔가 말을 할 것이라 생각하고 있었고 성호는 정반대로 생각하고 있었다.

주변은 웅성거리고 있었다.

상인들은 창밖 특화시장 풍경을 바라보다 건물 안쪽으로 사라진 대통령이 언제쯤 자기들 앞에 나타날지를 생각하고 있었다.

상인들이 자기들 앞에 나타나 위로의 말을 하고 떠날 거라 생각하고 있었다.

"자! 대통령님이 떠났습니다."

도지사가 나타나 대통령의 근황을 설명하였다.

"당신 머여."

상인 한 사람이 큰 소리로 말했다.

"대통령께서 여러분에게 직접 말해야 됩니까?"

"그럼 여그까지 머허러 내려왔소? 지들끼리 화해의 장을 만들러 이곳을 택했다는 거요?"

당정에 의견이 충돌해 있다는 것을 안 상인이 큰 소리로 말했다.

"우린 어떻게 하는 것이 우리에게 유리한지를 생각해야 합니다. 저그 특화시장은 돌이킬 수가 없어요. 이미 다 타 소실되어 버렸다 그 말입니다."

창밖에는 폭탄에 공격받아 철저하게 파괴된 검은 괴물의 잔해 같은 철 구조물만 보였다.

"우릴 협박허는 거요."

성수가 도지사의 말을 듣고 있다 소리쳤다.

도지사는 성수를 한차례 바라보다 다시 달래듯 말했다.

"여러분들의 회장이 여러분들의 입장을 잘 설명했어요. 이제 냉정을 되찾아야 합니다. 저도 여러분처럼 가슴이 아파요."

"그럼 상준이만 만나고 갔다 그 말이여."

성수가 분한지 사천왕 같은 눈을 뜨고 말했다.

"냉정하게 돌아봐야 하네."

광호가 성수의 모습을 바라보았다.

"그럼 상준이 만 사람이고 우린 머여."

"그래도 우리가 세워놓은 대표 아닌가?"

"자네는 참 맘이 태평양여."

대통령이 떠났다는 말을 듣자 사람들이 웅성거리며 자리를 떠날 줄 모르고 그 자리에 있었다.

"또 보여주기식으로 왔어."

여자 상인이 큰 소리로 말했다.

확성기로 말을 하지 않았지만, 악을 쓰고 하는 말이라 상인들의 귀에 박혔다.

"그렇게까지 해석하나."

사람들 틈에서 저러면 안 된다고 도지사 편에 서서 말했다.

"기다려 봐야 혀. 냉정허게 판단허먼서. 낼모레가 명절인디, 대통령이 이런 촌구석까지 왔는디 먼 조치가 있었지."

"성만이 말이 맞어. 이렇게 된 마당에 기다려 보자고. 우리가 상인들의 맘을 어루만져야 헌당께. 우리가 나서서 반대 목소리를 허먼 될 것도 안 된당께."

많은 사람들이 광호 말을 경청하였다.

"대통령이 우리들을 향해서 믿어달라고 혔잖은가? 대통령의 한마디를 가볍게 받아들이면 안 되지."

성호도 성만의 말이 타당하다는 듯 말했다.

"나만 미친놈이구만."

성수도 그 말을 끝으로 입을 다물었다.

그렇게 갑론을박하고 있을 때 상준이 말이 들렸다.

"여러분들! 우리는 이제 화마로 주저앉은 우리 삶터를 다시 일으켜 세워야 할 생각만 혀야 헙니다."

상준은 앞에 나가 상기된 얼굴로 상인들을 바라보며 말했다.

상인들은 굳은 얼굴로 어떻게 해야 할지 생각하였다.

아무리 생각해도 저렇게 주저앉은 특화시장을 일으켜 세운다는 것은 상인들의 힘으로는 될 수 없다 판단하고 서로를 바라보았다.

"인자 도지사나 대통령을 믿을 수밖에 없어."

광호가 말했다.

상인들이 광호를 바라보며 시작한 지 얼마 되지 않은 사람이 말할 자격이 있는지 생각하는 것 같았다.

"상인 여러분! 우리 서천은 어차피 중앙에서 돈을 가져와야 일을 할 수 있는 겁니다. 지사님도 최대한 힘을 쓰신다고 하였고 저도 도에 살다시피 해서 라도 다시 일으켜 세울 겁니다. 꼭 믿어 주십시오."

군수의 말에 사람들이 웅성거렸다. 군수의 말에 부정적으로 생각하는 사람은 한 사람도 없었다.

"자! 이제 우린 해산하고 지켜봅시다. 여기에 남아 있으면 조사도 늦어지고 그만큼 공사도 길어집니다. 집에서 우리 상인회의 연락을 기다려 주십시오. 소식은 계속 전해 드릴 겁니다."

상준이 그렇게 말하자 상인들이 삼삼오오 자리를 떠났다. 상인회 사무실을 나서는 상인들 대부분은 검게 그을려 있는 흉물 같은 철 구조물을 한 번씩 바라보며 무거운 발길을 옮겼다.

"그려, 우리도 나가지."

성호가 친구들에게 말했다.

"이대로는 못 들어 가것어."

성수가 큉한 눈으로 말했다.

"그려. 서천집으로 가세."

광호가 서천집으로 안내하였다.

성만은 충격으로 잘 걷지도 못하는 어은댁을 부축하여 집으로 데려갔다.

친구들은 서천집에 모여 소주를 한잔씩 하고 집으로 들어갔다.

22

성만은 깊은 잠을 잤다. 꿈속에서 이상하게 생긴 사람과 계속 싸움을 했다. 싸움이 끝나고 나면 또 다른 사람이 나타나 싸움을 걸어왔다. 끝이 없었다.

눈을 떴다. 눈앞에 아내가 보였다. 심각한 얼굴이었다.

"내 차는 어떻게 되었나?"

그 말이 첫마디였다.

"몸은 어떤가?"

어은댁은 성만의 건강을 염려하였다.

"왜?"

몸을 일으켜 세웠다. 몸에 천근이나 되는 쇳덩이를 올려놓았는지 무거웠다.

"밤새 앓는 소리를 했는데."

겨우 몸을 일으키자 걱정이 있는 표정을 하였다.

"몸도 성치 않은데 뭐허러 날 생각혀. 나는 무쇠로 만든 몸이랑께."

화재 후 며칠째 누워있는 아내를 생각했다.

머리도 아프고 몸도 무거웠지만, 특화시장을 가봐야겠다고 생각했다.

TV에서 특화시장이 불이 났다는 뉴스가 며칠이 지났는데도 계속하여 나왔다. 검붉은 모습으로 불타는 모습과 그걸 진화시키는 소방관이 보이다가 나중에는 눈 내리는 광야에 서있는 대통령의 모습이 보였다. 상인들의 모습도 보였다. 상인들의 무리는 남극의 펭귄이 허들링을 하는 것과 흡사했다.

상인의 한마디가 뉴스의 초점이 되었다.

"뭐허러 여그에 왔어. 우리도 만나주지 않으면서."

"지들 화해의 장으로 여그를 택했구먼."

그 말 뒤로 당대표가 깊숙이 인사하는 장면이 크로즈업 되었다. 화재의 본질을 어지럽히는 방송이었다.

"아직도 인가?"

혼잣말을 하며 옷을 챙겨 입었다.

"왜?"

"나가봐야지. 차도 그대로 방치되어 있을 건데. 2층도 뭐

건질 것이 있나 보아야지."

"아무도 들어갈 수 없어. 조사한다나 봐."

"갔다 왔능가?"

"불안해서 견딜 수가 있어야지."

"푹 쉬라니까? 특화시장 일은 남편한티 맡겨."

밖으로 나갔다.

어은댁은 그 모습을 물끄러미 바라보며 혼자가 아니라 남편이 있다고 생각해 마음이 든든했다.

특화시장 쪽으로 걸어갔다. 바람이 광포하게 불던 날씨는 언제 그랬냐 싶게 맑았다.

사막의 광야 같은 특화시장은 아무도 들어갈 수 없게 차단되어 있었다.

〈출입 금지〉라는 붉은색 글씨가 십 미터 간격으로 붙어있었다.

늘 생명같이 아꼈던 트럭은 검게 그을린 모습으로 방치되어 있었다. 사람들로 북적대던 곳이 아무도 없는 황량한 사막의 모습이었다.

먹잇감을 찾아 사막으로 들어온 하이에나처럼 터덜터덜 특화시장을 한 바퀴 돌았다.

2층 어은집은 형체도 없었다. 친구들의 가게 근처에 누구의 것인지 몰라도 푸른색 수조가 나뒹굴었다.

수조 안에는 줄무늬 감성돔이 살아있는 것처럼 물 위에 떠 있었다. 자세히 보니 참돔도 물 위로 배를 내밀고 있었다.

특화시장을 나와 무작정 시내를 헤맸다.

광호는 시작한 지 일 년도 되지 않아 화재에 소실된 업체를 더는 생각하기 싫었다.

집안에서 낚시를 꺼내 손질했다.

"그려, 낚시를 가야 혀."

혼잣말을 하며 돗돔을 떠올렸다.

끌려 나오지 않으려고 힘을 쓰던 돗돔이 사람들에 의해 끌려 나오던 모습이 눈앞에 있는 것 같았다.

"그렇게 물고기를 잡아내면 안 되지."

전문가라 자칭하던 김씨가 잡아 올리던 돗돔이었다.

돗돔이 빠르게 끌려 나와 압력의 차를 견디지 못하고 부레를 입에 물고 나왔다.

"아무리 커도 천천히 부드럽게 끌어내야 쓴 당께."

마치 옆에 사람이 있는 것처럼 말했다.

일어나 방문을 열었다. 낚싯대 끝에 바늘을 달고 거실 끝에서 안방으로 낚싯바늘을 던져 보았다. 생각했던 곳으로 정확히 낚싯바늘이 떨어졌다.

"아직 실력은 그대론디."

반복해서 낚싯바늘을 던져 보며 말했다.

병원에 입원해 있는 아들을 생각했다.

의사는 병원에서 연락이 가지 않는 한 면회는 하지 말 것을 권하였다. 그래도 아들이 보고 싶었다.

"남들은 모르는 거여. 내 자식인디."

외출옷을 챙겨 입었다.

병원 앞마당에서 눈부시도록 하얀 병원을 바라보았다. 눈이 쌓여있는 앞마당과 병원이 평면에 놓여 있는 것처럼 착각을 일으켰다.

"그놈은 운동장을 바라보며 먼 생각을 할까?"

혼잣말을 하며 병원을 올려다보았다.

"그려, 너도 혼자라는 걸 절실히 느껴야여. 그래야 치료도 수월할 거여. 그래서 의사도 찾아보지 말라고 혔던 것이고."

아들이 보고 싶었지만 떨어지지 않는 발길을 돌렸다. 눈에서는 눈물이 핑 돌았다.

"그려, 마음을 굳게 먹어야 혀."

마음을 다잡고 병원을 나왔다.

성호는 특화시장에 들러 상준을 만나 재기의 가능성을 알아보고 서울로 딸을 만나러 갔다.

기차 안에서 특화시장의 재건축을 생각하였다.

상준은 시간이 문제이지 재건축은 확실하다고 말하며 대통령까지 나서서 약속한 거라 말했다.

"그려, 상준이 말이 맞어. 일국의 대통령이 누구여."

눈을 감았다.

그렇게도 하고 싶었던 돗돔을 해체하던 일을 떠올렸다.

"왜 북소리를 들었는지. 북소리가 심장 소리라는 것을 사람들은 모를 거여. 왜 심장 소리를 듣고 있었는지도."

딸의 어린 시절을 생각했다. 눈에 넣어도 아프지 않은 딸의 심장이 문제였다. 딸의 불규칙한 심장박동 때문에 조금만 걸어도 얼굴이 파랬다. 할 수 있다면 심장을 빼서라도 딸과 교환하고 싶었다.

서울의 큰 병원에서 진단을 받았다. 선천적으로 심장벽이 두껍다는 거였다. 평균 사람의 심장은 11밀리 미만인데 딸의 심장은 15밀리나 되었다. 안경을 쓴 베짱이 같은 의사는 나이도 어리고 위험하니 조속히 수술해야 한다고 진단을 내렸다.

수술은 고난도의 수술이었다.

의사는 심장박동을 멈추게 하고 혈관을 통해 예리한 칼을 심장으로 집어넣어 심장벽을 도려낸다는 거였다.

"심장이 멈추면 죽는 거 아뇨."

"피를 인공으로 통하게 하면서 수술을 하는 겁니다."

"심장벽을 도려내요? 그런 수술도 있능거요?"

"다 그렇게 합니다."

말을 하지 않았다.

저런 베짱이 같은 의사가 딸을 죽였다 살린다는 말 아닌가 도리질을 하였다.

의사는 안심시키려고 말했다.

"비후성 심장증입니다. 이렇게는 살 수 없습니다. 어린 나이에 뛰어놀지도 못하고 언덕도 오르기 힘듭니다."

결정하라는 말이었다.

한 시간 가까이 생각하다 나라에서는 하나뿐인 명의라는 말을 믿기로 하여 수술을 결정하였다.

수술은 잘 끝났고 곧 회복되었다.

베짱이 같은 의사라는 것이 근거 없이 외모만 본 선입견이었다는 것을 알았다.

늘 힘들어 했던 딸은 아이들과 함께 뛰어놀았다. 후유증도 없었다.

그때부터 북소리를 들으면 심장 소리처럼 들렸다.

돗돔의 해체도 일생에 한 번뿐인 기회라 생각하였다.

딸의 심장 수술을 집도 했던 베짱이 같은 의사처럼 세심하게 하려고 일을 할 때는 늘 아리아를 들었다.

의사가 심장 수술을 집도하고 있었다.

수술실 앞에 있는 장의자에 쭈그리고 앉아 수술이 끝나기를 기다렸다. 오페라 아리아가 들리다가 말미에는 북소리가 들렸다.

북소리가 들리고 끝날 즈음 수술실 문이 열렸다.

"이리로 와 보세요."

간호사가 불렀다.

딸을 찾으려고 두리번거렸다.

"아, 회복실에 있습니다."

간호사가 그렇게 말하자 의사가 나섰다.

"수술은 잘되었습니다."

그 말을 하고 수술대 위에 있는 쟁반을 보았다.

"이게 딸의 심장벽에서 깎아낸 것입니다."

소고기가 접시에 올려놓은 것 같았다.

"이제 한 달만 있으면 다른 아이들처럼 뛰어놀아도 됩니다."

"감사합니다."

그 말밖에 할 말이 없었다.

둥둥둥 둥둥둥둥 딸의 심장 소리가 들리는 것 같았다.

그런 딸을 빼앗아 갔다는 생각에 아내를 생각하며 이를 갈았다. 빨리 잊으려고 새장가를 들까도 생각하였지만 그게 쉽게 되지 않았다.

딸을 만났다. 붉은 장미꽃 같은 딸이 활짝 웃으며 반겼다. 서천으로 내려가려고 준비하고 있었는데 특화시장의 화재 때문에 주저하고 있었다고 말했다.

아내와 딸을 만나고 내려와 군산에서 횟집에 취직하고 그곳에서 특화시장의 진행 상황을 알아봤다.

"먼가 되려허면 말리는 것이 있다니께."

틈만 나면 한숨과 함께 내뱉는 말이었다.

성수는 추운 겨울날인데도 밭에 나가 봄에 어떤 농작물을 심을까 생각하며 막대기로 눈 위에 그림을 그려보았다.

"농사는 거짓말할 줄 모르지 심은 대로 주니까. 여기는 오이를 심고 여기는 참외와 수박을 여기는 땅이 남으니까 옥수수도 심어야지. 참 아내가 좋아하는 고구마도 한 두렁은 심어야지."

그렇게 나누다 보니 삼백 평 남짓한 땅이 부족하였다.

다른 농작물이 생각나면 지우고 다시 나누었다. 그렇게 하다 보니 어디가 어딘지 꼬인 낚싯줄처럼 엉키어 버렸다.

"아으, 머여. 머가 이리 복잡혀."

혼잣말하며 특화시장 화재를 잊어보려 하였다.

가끔 상준에게 전화를 해 어떻게 되어 가나를 알아보았다.

대답은 똑같았다.

"기다려 봐."

무미건조한 상준의 말을 듣고 서운했지만 더는 생각하지 않기로 하며 화를 삭였다.

상준은 바빴다. 경찰에서 화재 원인 조사를 하고 소방서에서도 조사하였다. 두 기관 모두 먼저 상인사무실에 들러 상준을 만났다. 조사가 언제 끝날지 알아보아도 알 수 없다고만 하였다.

맨 나중에 보험회사가 찾아왔다. 상인회 명의로 보험은 들어놓았으나 최종 경찰이나 소방서 조사 결과가 중요하다는 말만 남기고 떠났다.

지도를 들고 군수를 찾아갔다. 조사가 길어지니 상인들이 장사하여 먹고 살길을 만들어 달라고 하소연하였다.

지도를 펼쳐 보이며 특화시장 뒤편에 있는 주차장을 임시로 수산물 시장이라도 만들자는 안을 내고 돌아왔다.

군수는 상인회장 말대로 임시 상가를 만드는 안을 도지사에게 말하겠다고 다짐받았다.

서해안 어촌 서천수산물특화시장에 큰불이 났다.

그곳에 입점해 있던 227개의 상가들이 모두 전소되었다.

성만은 처음 장 주사가 찾아와 흥구에게 입점을 부탁하였던 때를 떠올리며 엊그제의 상황을 정리해 보았다.

경황이 없는 상인들에게 언론은 뉴스거리를 찾느라 분주하였다.

마이크를 들이댄 한 상인의 말을 계속하여 방송하였다.

"이곳을 지들 화해의 장으로 만들려고 왔어."

상인의 말이 tv화면에 그대로 전파되었다.

결과는 엉뚱했다.

대통령의 방문을 놓고 한 상인의 하소연을 그대로 방송해 화재와 복구라는 논조를 바꾸었다.

상인들의 생각도 달랐다. 어떤 이는 방송이 적절했다는 것이고 어떤 이는 그렇지 않고 자극적인 방송이었다고 했다.

정반대의 시선이 있는 것이다.

나라의 환경도 다르지 않다. 여야가 정반대의 시선으로 움직여 마주보고 달려오는 폭주 기관차 같다.

"우릴 위로하러 온 겁니까? 여기를 이용해 화해의 장을 만들러 온 겁니까?"

어느 상인이 고함지르며 한 말이다.

도지사가 상인들 앞에서 한 말이 떠오른다.

"지금 무엇이 중요합니까?"

불만을 토로하던 상인들은 삶이 무너졌다고 계속하여 악을 썼다.

한 상인은 도지사의 말에 "우리를 협박허는 겁니까?"라고 반문했다.

도지사는 현실적으로 무엇이 중요한 문제인가에 대한 한 말이었다.

성만은 도지사의 말에서 희망을 떠올리고 어은댁이 며칠째 앓고 누워있는 집으로 발걸음을 재촉했다.

홍구의 말을 떠올려 보았다.

"요즘 특화시장의 공간에, 여그서 살육당한 물고기들 눈동자로 꽉 채워져 터져버릴 것 같단 말이여."

며칠째 잠을 못 잤는지 머리는 새의 둥지 같았다.

그때는 생각 없이 홍구의 말을 흘려들었지만 앞날을 내다보며 한 말 같았다.

"필연은 우연의 옷을 입고 나타난다더니."

황당한 생각을 하며 집 쪽으로 달려가며 어머니의 임종을 떠올렸다.

"내 아들 성만아."

어렵게 그 말을 토하며 힘겹게 말을 이었다.

"아버지가 어떻게 돌아가셨는지 모르지. 고향도 모르고. 우린 벌교 부용산 아래에서 살았단다. 여순사건 때 죄도 없는 아버진 끌려가 총을 맞았지. 너를 유복자로 두고 말이다. 남편을 잡아먹은 그 땅이 싫어 친정인 서천으로 무작정 올라와 너 하나 키우면서 살았단다. 내 소원은 오직 너 살길을 개척하며 소박하게 살아라, 알았지."

그 말을 끝으로 스르르 눈을 감았다.

어머니의 장례를 치르고 아버지가 살았던 곳을 찾아보고 또 찾아보았지만 이미 땅이 변했고 아버지 박근택을 아는 사람도 없었다.

"그려, 어떤 어려움도 견디며 살아야 돼. 유복자인 나 하나만을 위해 사셨는데."

돌아가시기 직전까지 아버지의 말을 하지 않은 것은 낙인이 두려웠기 때문이었다는 것을 그때서야 알아차리고 울면서 뛰었다.

　성만의 얼굴에서 땀과 눈물이 섞여 소낙비처럼 흘러내렸다.

서천

1쇄 발행일 | 2024년 09월 20일

지은이 | 윤규열
펴낸이 | 정화숙
펴낸곳 | 개미

출판등록 | 제313 – 2001 – 61호 1992. 2. 18
주소 | (04175) 서울시 마포구 마포대로 12, B-103호(마포동, 한신빌딩)
전화 | (02)704 – 2546
팩스 | (02)714 – 2365
E-mail | lily12140@hanmail.net

ⓒ 윤규열, 2024
ISBN 979 – 11 – 90168 – 88 – 5 03810

값 15,000원